KB110058

신재동 에세이

첫 시련

첫 시련

발행일	2017년 01월 18일

지은이	신 재 동		
펴낸이	손 형 국		
펴낸곳	(주)북랩		
편집인	선일영	편집	이종무, 권유선, 송재병
디자인	이현수, 김민하, 이정아, 한수희	제작	박기성, 황동현, 구성우
마케팅	김회란, 박진관		
출판등록	2004. 12. 1(제2012-000051호)		
주소	서울시 금천구 가산디지털 1로 168, 우림라이온스밸리 B동 B113, 114호		
홈페이지	www.book.co.kr		
전화번호	(02)2026-5777	팩스	(02)2026-5747

ISBN	979-11-5987-296-9 03810(종이책) 979-11-5987-297-6 05810(전자책)

이 도서의 국립중앙도서관 출판예정도서목록(CIP)은 서지정보유통지원시스템 홈페이지(http://seoji.nl.go.kr)와
국가자료공동목록시스템(http://www.nl.go.kr/kolisnet)에서 이용하실 수 있습니다.
(CIP제어번호 : CIP2017001207)

첫 시련

신재동 에세이

Illustrated by _ Simone Shin

북랩 book Lab

'SONG' Gold Medal Award,
by Simone Shin
'Society of Illustrators'
in New York

커피숍 창가에 앉아 사라져가는 석양을 바라보고 있었습니다.

잠자리 한 마리가 열려있는 외문을 통해 들어왔습니다. 멋도 모르고 들어온 잠자리는 여기저기 훑어보다가 자신이 있을 곳이 아니라는 걸 곧 알아차렸습니다. 밖으로 나가려고 빛을 쫓아 하늘을 향해 날아보지만 유리창에 부딪치고 맙니다. 유리벽을 아래위로 훑고 다니면서 살살 부딪쳐 봅니다. 잠자리로서는 이해할 수 없는 공간에 갇혀버리고 말았습니다.

옆에서 보기에 안타깝고 애처로워 보였습니다.

내가 구해주지 않으면 도저히 나가지 못할 것처럼 보였습니다.

나는 야구 모자를 벗어 들고 잠자리가 가깝게 오기를 기다렸다가 낚아챈 다음 문밖으로 내 보냈습니다. 잠자리는 제 세상을 만났다고 하늘 높이 날아갔습니다. 시원스럽게 멀리 날아가는 잠자리를 보면서 나도 기분이 좋았습니다.

잠자리는 내게 의문을 남겨놓고 떠났습니다.

나는 어느 유리창에 부딪치며 살고 있는가?

다람쥐 쳇바퀴처럼 돌아가는 삶이 바로 잠자리 유리벽에 부딪치는 것과 무엇이 다른가?

반백년을 부딪쳐온 유리창에서 나를 낚아챈 건 나이(Age)였습니다. 은퇴라는 나이가 나를 낚아채서 창공에 던져버렸습니다. 책임감에서 벗어나면서 조선일보 블로그에 글을 올리기 시작했습니다. 블로그는 인생의 주인이 되는 길을 알려주었고 자존감을 찾아 주었습니다. 잘 나가던 조선일보 블로그가 어느 날 느닷없이 폐쇄하겠다고 했습니다.

수년간 올렸던 글 중에서 추려냈고 그리고 새로 쓴 글을 합쳐서 책으로 묶었습니다.

마치 수화로 부르는 노래처럼 눈 여겨 보지 않으면 알 수 없는 것들을 찾아내려 노력했습니다. 다시 쓰고 추려내기를 여러 번 하면서 망설임과 부끄러움 그리고 설렘과 기쁨 중에 어느 하나로부터도 자유로울 수 없었습니다. 책이 흔해빠져 천덕꾸러기가 된 세상에 나까지 한몫해서 책 공해에 일조하는 게 아닌가 싶어 죄책감 같은 것도 느껴봅니다.

그러면서도 미약하나마 미국문화를 이해하는데 조금이라도 보탬이 되었으면 하는 바램으로 출간하게 되었습니다. 출간까지 여러모로 참고, 도와주신 분들께 감사드립니다.

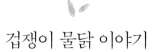

겁쟁이 물닭 이야기

새 등산화를 방에서 신었습니다. 편안하고 기분이 좋습니다. 새것은 늘 기분을 좋게 합니다. 먼저 신던 등산화 뒤꿈치가 다 달아 나가서 새신을 사기는 했으나 그냥 놔두고 신지는 않았습니다. 헌신이 아직도 신을만해서 그냥저냥 신고 다녔습니다. 옛날 같으면 운동화도 꿰매가면서 신었는데 밑창이 좀 닳았다고 해서 바꿔치우기에는 어딘가 너무한다는 생각에 새신을 사다 놓고도 6개월째 보고만 있었습니다. 보다 못한 아내가 나 한국에 간 사이에 헌 신을 갖다버렸습니다. 할 수 없이 새신을 신기는 신었습니다만 신고 보니 기분은 좋습니다. 아이들이 새신 신으면 신이 나서 뛰어다니는데 늙어도 기분은 매한가지입니다.

물닭을 촬영하러 호수에 나갔습니다. 올해 초에 비가 곧 많이 내려서 호수에 물이 꽤 많습니다. 거기에다가 나 없는 사이에 비가 왔다고 합니다. 비가 왔다는 흔적이 여러 곳에서 보입니다. 흙길이 파여 있고, 물 흐른 흔적이 역력합니다.

물닭은 겨울 철새입니다. 그러나 북가주(Northern California) 호수에서는 텃새가 되고 말았습니다. 기러기나 오리들도 이곳에서는 텃새가 되어 있습니다. 사실 새들은 항상 부지런한 줄만 알았는데 그렇지도 않더군요. 이곳 기후가 여름에 덥지 않고 겨울에 춥지 않은 사철 가을 날씨여서 물닭이며 기러기, 오리들이 구태어 고생하면서까지 멀리 날아갔다가 다시 올 필요성을 느끼지 못하는 모양입니다. 사철 이곳에서 맴도는 게으른 물닭(American Coot)이 마치 한여름 하품 짓는 황소 같습니다.

물닭 이야기로 수필을 썼다가 상을 받은 일이 있습니다. 이번에 에세이집을 내면서 물닭의 사진이 필요했습니다. 호수에 물닭은 많이 있었으나 사진 찍기는 쉽지 않았습니다. 물닭은 야생 조류이다 보니 겁이 많아서 사람의 접근을 피합니다. 망원 렌즈를 부착해도 또렷한 영상을 잡아내기에는 역부족입니다. 오후 한때를 호숫가에서 보내면서 물닭과 친하게 지낼 수는 없을까 생각해 보았습니다. 야생이란 글자가 붙은 동물은 사람을 몹시 경계합니다. 조상 때부터 축적된 경험에서 우러나오는 본능일 것입니다. 뇌 속에 프로그램 되어 있는 경계심을 내가 어찌 풀어낼 수 있겠어요.

마음에 드는 사진 한 장 건지지 못하고 돌아오면서 생각해 보았습니다.

큰딸이 일러스트레이터인데 물닭을 그려 달라고 해야겠다는 생각이 떠올랐습니다. 기왕이면 다른 사진들도 여러 장 그려 달라고 하는 게 좋을 것 같다는 생각으로 이어져갔습니다. 그림은 사진보다 운치가 있어서 보기에도 좋습니다. 사진을 삽화로 대신 한다면 이것 또한 느낌으로 다가올 것 같았습니다.

매사 직면해야 아이디어가 나오고, 걸을 때 새로운 생각이 떠오릅니다. 갈구하면 내주시는 보이지 않는 그분께 감사드립니다.

용감한 노인

칠십이 넘은 나이에 오토바이를 배우러 학원에 등록해서 운전연습 2주 코스 마치고, 안전교육 2주 마치고 각기 다른 시험 세 가지를 치른 다음에 면허증을 받았다고 했습니다. 필기시험은 어렵지 않은데 실기가 힘들다고 하면서 코스를 도는데 균형을 잡기가 만만치 않았다고도 했습니다. 오토바이도 한 대 샀다면서 야마하 스타 650 크루스라고 합니다.

할리 데이비드슨에 버금가는 오토바이라며 크고 무거워서 한번 쓰러지면 못 일으켜 세운답니다. 액셀러레이터를 밟으면 소리도 웅장해서 마치 출정하는 장군 같은 기분이 든다고 하더군요.

그동안 자전거를 탔지만, 자전거를 타고 경치 구경을 하기에는 한계가 있어서 오토바이를 타기로 했답니다. 오토바이를 타고 신나게 달리면 얼마나 기분이 좋겠냐고 혼자 되뇌이듯 말합니다. 더군다나 아내를 뒤에 태우고 멋진 시닉 뷰 길을 달린다는 것을 상상만 해도 기분이 날아갈 것 같다고 했습니다.

새로운 출발, 새로운 삶의 시작이 멋져 보였습니다. 넘쳐나는 자신감보다 더 소중한 자산은 없다는 생각도 듭니다.

아직은 운전이 익숙하지 못해서 집에서 가까운 곳을 슬슬 다니면서 익히는 중이랍니다.

나는 이야기를 들으면서 은근히 걱정이 앞섰습니다. 나이가 70이 넘었으니 운동 신경도 젊은이 같지 않고, 위험하지 않겠느냐고 물어보았습니다.

뭐 이제 살 만큼 살았고 해볼 것은 다 해봤다면서 남은 인생 하고 싶은 것 하다가 죽더라도 후회하지 않을 것이라고 합니다. 당장 죽어도 아까울 것 없다고도 했습니다.

참으로 세상사 모를 일입니다. 세상에 이 친구만큼 얌전하고 착실한 친구는 없습니다. 내 결혼식 때 베스트 맨으로 들러리를 서준 친구인데 오십여 년을 같이 지내봤어도 얼굴 한번 붉히는 걸 본 일이 없습니다. 심지어 언성 높이는 일도 없습니다. 늘 이성을 잃지 않고 냉정하게 자신을 다스릴 줄 아는 친구입니다. 언제나 클래식한 옷 마무리에, 생각부터 행동까지 고리탑탑할 정도로 보수적인 친구입니다. 한 번도 튀는 행동을 하지 않던 친구가 갑자기 오토바이를 타고 다운타운을 질주하다니 선뜻 이해가 되지 않았습니다.

오토바이를 미국에서는 간단하게 바이크라고 부릅니다. 바이크 하면 짝 달라붙은 검은색 가죽옷에 선글라스를 끼고 폼 잡으면서 다니는 터프가이가 연상됩니다. 안하무인으로 으스대며 길거리를 누비는 게 터프가이입니다. 터프가이 이미지를 친구에게 삽입해 보려고 해도 머리에 그려지지 않습니다. 이 친구하고는 영 어울리지 않는 게 터프가이이더군요.

노인이 색소폰이나 아코디언 또는 골프 같은 점잖은 운동도 아닌 오토바이 운전을 배우다니 참으로 사람 속은 알다가도 모를 일입니다.

사람은 자신과는 정반대되는 대상의 이미지를 동경하면서 사는 모양입니다. 착실하게만 살아온 사람은 제멋대로 살면서 하고 싶은 대로 눈치 보지 않고 해대는 사람이 행복해 보입니다. 반대로 제멋대로 살아온 사람은 착실히 살면서 차곡차곡 쌓아온 사람을 부러워합니다.

꿈에 그리던 삶을 죽기 전에 한 번 해 보겠다는 것이야말로 옳은 생각임에는 틀림없습니다.

그러나 한번 해 보고 죽겠다는 것이 따로 있지 아무거나 해 보겠다고 나선다면 그것은 오히려 안 하느니 만도 못하기 마련입니다.

예를 들어 놀음이나 실컷 해보다 죽겠다든가, 노년에 마약을 해보고 싶다면 이거야말로 지금까지 잘 살아온 인생 파투내고 말 일입니다.

하지만 건전한 취미생활을 꿈꾼다면 그보다 더 훌륭한 일은 없을 것입니다.

그런데 뜻밖에도 노년에 바이크를 타겠다니 어울리는 것 같지 않았습니다. 바이크 족이라는 게 긴장된 일주일의 업무에서 해방된 기분으로 주말을 보내려고 터프가이로 변신해 보는 일종의 주말용입니다.

나도 청소년 시절 한때는 오토바이가 타고 싶어서 조르던 때도 있었습니다. 그러나 위험한 오토바이를 타라고 승낙할 부모는 없습니다. 이런저런 회유와 유인책으로 결국은 포기하게 되었습니다. 나이가 들어가면서 꿈은 사라지고 겁부터 나더군요. 나이도 나이 나름이지 다 늙고 난 다음에는 마치 사랑 짓이 수그러들듯이 오토바이 생각도 슬며시 사라지고 말았습니다. 사라질 뿐만 아니라 까맣게 잊고 지냈습니다.

지난 한 달 좀 넘게 너무 바빠서 전화 받을 틈도 없었다고 했습니다. 바이크를 타느라고 그랬다더군요. 매일 연습 삼아 운동장을 몇 바퀴씩 지그재그로 돌고 있다고 했습니다.

경험자를 만나면 바이크 이야기로 시간 가는 줄 모릅니다.

좌회전할 때는 오른손 액셀러레이터가 같이 돌아가는 바람에 "부응-" 하면서 갑자기 속력이 붙는다고 했습니다. 오른손을 돌리지 않으면서 좌회전하는 연습이 필요하다고 했습니다. 자동차와는 달리 바이크는 빗나가면 넘어질 수 있기 때문입니다.

바이크는 기어를 뉴트럴에 넣고 시동을 걸어야 한다면서 높은 언덕을 오르다가 시동이 꺼지면 재시동을 거는 데 어려움이 있다고 호소하니까 듣고 있던 고수가 가르쳐 줍니다.

발로는 브레이크를 밟으면서 왼손으로 클러치를 잡고 오른손으로 시동을 걸라고 합니다.

두뇌를 바쁘게 회전시켜야 하고 행동도 그에 부합되어야 할 것 같아서 노인에게는 적합한 취미활동 같아 보이지 않았습니다.

샌 리앤드로에 사는 윌슨 씨는 모터사이클 경찰관으로 30년간 근무하다가 은퇴했습니다. 그의 집에 들러보면 실내에는 온통 모터사이클 사진으로 도배질이 되어 있습니다. 젊어서부터 바이크가 생활화되어 같이 늙어왔음을 한눈에 알아볼 수 있습니다. 윌슨 씨는 바이크를 애마라고 부릅니다. 하긴 모터사이클 경찰관이 등장하기 전에는 기마 경찰관들이 있었습니다. 말을 탄 경찰관은 어딘가 위용당당해 보였습니다. 감히 접근하기 어려운 존재 같아서 사람들을 물러서게 했습니다.

말은 예로부터 신분 상승을 의미합니다. 귀족이나 장군 같은 고귀한 분들이 타고 다니는 진귀한 이동 수단이었습니다. 과학사회로 넘어오면서 오토바이가 말을 대신하게 되었고 기마 경찰관도 모터사이클 경찰관으로 바뀌고 말았습니다. 윌슨 씨는 은퇴 후에도 장례식차 행렬을 에스코트하는 시간제 근무는 여전히 하고 있습니다. 경찰 제복에 모터사이클을 타고 달릴 때면 인생의 진국한 맛을 느낀다고 했습니다. 한번 모터사이클에 맛을 들이면 영원히 벗어나지 못하는구나 하는 생각이 들었습니다.

오늘 아침에 일찌감치 친구에게서 전화가 걸려왔습니다. 집에 있느냐는 겁니다. 무슨 소리를 하려고 그러나 했습니다. 듣고 보니 내 집 앞에 와 있다고 합니다. 문을 열고 나가 보았습니다.

떡하니 육중한 오토바이를 타고 길에 서 있는 겁니다. 나는 깜짝 놀랐습니다. 그동안 말로만 듣던 일이 눈앞에 전개되고 있었습니다. 주말에 닥터 공이 바이크 타고 장거리 여행을 하자고 해서 떠나기 전에 연습 삼아 타고 나왔다고 했습니다. 오토바이 모양이 할리 데이비드슨처럼 생겼다고 했더니 모터사이클 크루스라고 크루스를 강조합니다. 크루스는 고개를 앞으로 숙이고 타는 모터사이클이 아니라 뒤로 기대앉아서 타는 거라고 가르쳐 줍니다. 아침에 고속도로를 100km(65miles)가 넘는 속력으로 달려왔다고 합니다. 검은색 가죽 잠바에 헬멧이 썩 잘 어울렸습니다. 한 가지 분명한 것은 헬멧을 쓰고 오토바이를, 아니 모터사이클 크루스를 타는 친구는 영락없이 젊은 이입니다. 누가 감히 늙은이라고 상상이나 해 보겠어요?

늘그막에 취미 생활에 심취해 있는 친구가 보기에 좋았습니다.

바이크를 타고 해변 길 고속도로 빅서를 달려 보라면서 꿈에 부푼 포부를 펼쳐 보여줍니다.

이 친구 완전히 바이크에 미쳤다는 생각이 들었습니다. 노년에 조금 황당한 취미 같아서 마음이 안 놓이기는 하지만, 그렇다고 못 할 일도 아닙니다.

지금 해 보지 않으면 기회는 영영 다시 오지 않을 것입니다.

친구는 늘그막에 억눌려 있던 꿈을 실현해 보는 멋진 모습으로 변신해 있었습니다.

열매는 기다림에서 오는 것이 아니라 도전하는 자만이 향유할 수 있는 축복임을 알게 되었습니다.

취미 활동과 비행기 여행

나는 여행을 즐깁니다. 즐기다 못해 여행광에 속합니다. 일 년이면 한두 번은 해외여행을 떠납니다. 삶에서 디지털 카메라와 비행기 여행, 이 두 가지는 확실히 나를 즐겁게 해 줍니다.

여행은 왜 떠나는가? 사진은 왜 찍는가?

존재와 향기를 경험하고 누리기 위해서입니다. 혹은 영혼을 만나 보기 위해서 떠난다고도 할 수 있습니다. 사진으로 여러 번 보았고 글로 읽어서 다 알고 있는 것 같지만 실제로 가서 보면 새로운 느낌이 다가옵니다. 찾아간 곳의 새로운 분위기와 향취는 여러 가지 의미를 터득하게 해 줍니다.

인간의 기억력은 한계가 있어서 돌아서면 다 잊어버립니다. 그러나 내가 찍은 사진은 그때 그 향기를 되새김해 줍니다. 남이 찍은 사진에서는 전혀 느낄 수 없는 그 무엇이 내가 찍은 사진에서는 살아서 다가오고 있습니다. 흘러간 시간의 감흥과 향취가 그대로 살아 숨 쉬고 있습니다.

내가 찍은 사진의 고귀함은 그뿐만이 아닙니다. 내 자식은 아무리 보아도 예쁘듯이 내가 찍은 사진은 보고 또 봐도 멋지고 아름답습니다. 이것이 사진을 찍는 매력이며 계속해서 찍는 이유이기도 합니다. 사진 기술은 많이 찍을수록 향상됩니다. 프로 사진작가들이 어떻게 찍었는지 보고 그대로 실현해 보면 기술이 터득되기도 합니다. 여행도 사진 찍기와 같아서 많이 다녀 볼수록 여행의 기술이 향상되고 보는 눈이 트입니다.

낯섦을 즐기는 것이 여행의 백미이지만 그래도 가 보지 않았던 길은 두렵고 설렙니다. 처음 맞닥뜨린 광경은 늘 새롭고 신기해서 나의 영혼을 빼앗아 가기도 합니다. 사람은 거리(Distance)에 민감해서 집 밖으로 나가 동네를 거닐면 집과 나는 일체감을 느끼지만, 비행기를 타고 태평양을 건너면 집은 아득한 먼 곳의 추억처럼 기억에서 흐려집니다.

낯선 곳, 낯선 사람들 틈에서 지내다 보면 효과적으로 대처하는 방식을 스스로 터득하게 되고 그곳의 분위기 및 사람들과 어울리게 됩니다. 내가 늘 자동으로 해 오던 일들이 별로 중요하지 않다는 것도 여행을 떠나 보면 알게 됩니다. 때로는 내게 가족이 있는지조차 잊고 지낸 일도 있습니다. 골치 아팠던 일들, 스트레스에 시달리던 일상을 다 잊어버리고 순수한 나로 돌아오게 됩니다. 바로 이런 것이 여행의 매력이며 계속해서 떠나게 되는 마력일 것입니다.

　아름다움은 그 진가를 알아보는 사람의 소유물입니다. 한국은 나의 모국이니 다 알고 있는 것 같지만 볼 때마다 새로우며 또 눈에 보이는 것은 다 신기하고 아름답습니다. 동대문 시장의 장사꾼들도, 남산 위 철책에 매달린 사랑의 자물쇠 꾸러미들도, 하루가 멀게 바뀌는 인사동 골목도 다 멋진 작품으로 보일 뿐입니다.

　누구나 아름답고 멋진 사진을 찍으려고 애씁니다. 그러나 찍어 놓고 보면 천차만별입니다. 두 눈으로 보아도 보이지 않던 아름다움을 카메라의 작은 렌즈를 통해서 들여다보았을 때, 주변을 다 잘라 버리고 사각형 안에 아름다움만 모아 놓은 과학적인 기술이 사진입니다.

　눈으로 보이는 것만이 사진의 전부가 아닙니다. 때로는 시각적으로 볼 수는 없으나 머릿속에서 그려 볼 수 있는 여지를 제공하는 것도 사진 기술 중의 하나입니다.

사진도 운명이 있어서 찍자마자 버려지는 사진이 있는가 하면 영원히 살아남는 사진도 있습니다. 일 푼의 가치도 없는 사진이 있는가 하면 백만 불짜리 사진도 있습니다.

내가 가 보고 싶은 여행지가 따로 있듯이 내가 찍고 싶은 사진도 따로 있기 마련입니다. 가고 싶어 했던 곳을 가 보고 행복해 하듯이 내가 찍고 싶어 하는 사진을 찍어 보고 행복하면 그것이 진정한 취미의 사진 찍기입니다.

프로가 별것인가요? 오랫동안 아마추어를 거치다 보면 프로가 되고도 남습니다. 취미 생활도 오래 하다 보면 프로에 가까워집니다.

그러나 그렇다고 해서 반드시 프로가 될 이유는 없습니다. 아마추어든 프로든 자신의 작품 세계를 구현한다면 이보다 더 좋은 취미 생활은 없는 겁니다.

교복을 입은 학생들이 교문을 우르르 몰려나오는 와중에서도 내 자식은 눈에 금방 띄듯이 아무리 많은 사진이 널려 있어도 내가 찍은 사진은 눈에 금방 띕니다. 한번 찍은 사진은 자식과 같아서 영원히 나와 생을 같이 할 수밖에 없습니다. 후일 성공한 자식은 부모의 자랑거리가 되어 주듯이 성공한 작품은 작가를 빛내 줍니다. 수십만 장을 찍어 가면서 그중에 한 장만이라도 널리 알려진다면 그는 성공한 작가입니다.

한 장의 작품 사진을 찍기 위해 오늘도 카메라를 닦고 손질하고 연구하고 구상하면서 여행지를 그려 봅니다.

여행지가 사진이라면 카메라는 비행기인 셈입니다.

카메라 없이는 사진을 찍을 수 없듯이 비행기가 없으면 여행지에
갈 수 없습니다.

여행지, 비행기, 사진의 삼각 구도는 나의 취미 생활에서 떼어 놓을
수 없는 필연의 관계입니다. 여가가 취미 생활로 이어지고 취미 활동
이 꽃을 피운다면 이보다 더 보람된 일이 어디 있겠어요.

진정 좋아서, 진정 사랑해서 즐기는 여가 활동에는 어떤 장애도 있
을 수 없습니다.

다만 좋은 결과만 있을 뿐입니다.

겨울 햇살이 주는 행복

아침 운동 길에 나섰으나 공기가 차가워 나도 모으게 빨리 걷게 됩니다. 샤봇 호수 가장자리를 따라 생겨난 길에서도 양지바른 쪽을 선택해 부지런히 걷습니다.

호숫가의 아침 공기는 찬물을 한 대접 마신 것처럼 가슴에 와 닿습니다. 햇살이 눈부시게 쏟아지는 호수를 반 바퀴쯤 걸어가면 낚시꾼들을 위해 마루판을 물 위에 띄워 놓은 것이 보이는데 그곳이 나의 반환 지점입니다.

캘리포니아의 긴 겨울 가뭄으로 흙길에 먼지가 발에 차이고 호수도 물이 말라 한 길은 내려가야 수면입니다. 물 위로 아침 햇살이 은빛 비늘처럼 반짝이고 호수 깊은 곳에서는 물닭 여러 마리가 분주히 먹이를 찾아 두리번거리며 떠다닙니다.

약병아리보다 조금 더 큰 물닭은 몸체가 둥글고 까만색에 주둥이 위쪽 이마에 선명하고 또렷한 흰색 점이 있어서 눈에 잘 띕니다. 몽실몽실한 게 앙증맞고 귀여우면서도 똘똘하지만 야생 조류여서 겁이 많아 사람이 근처에 다가가는 걸 싫어합니다. 철새인 물닭이 이곳에서는 사시사철 머물고 있어 텃새나 마찬가지입니다.

낚시터 마루판도 물이 빠진 만큼 내려가 있었습니다. 아무도 없는 마루판 위를 디뎌 보았습니다.

인기척을 듣고 놀란 물닭이 푸드덕대지만 도망은 가지 못하고 허우적대고 있었습니다. 살펴보니 이게 웬일인가요. 버려진 낚싯줄에 엉켜 제힘으로는 도저히 빠져나갈 수 없는 처지였습니다.

얼마나 오랫동안 발버둥 치며 괴로웠겠어요. 썩지도 않는 낚싯줄에 꽁꽁 묶여 지난밤을 꼬박 새웠을 물닭이 측은하고 애처로워 보였습니다. 그냥 내버려 두었다가는 영락없이 죽게 생겼더군요.

엉켜 있는 낚싯줄을 풀어 주려고 엎드려서 줄을 잡아당겼습니다. 물닭은 내가 해치려는 게 아닌가 싶어 날갯짓을 해대며 도망가려 하고, 날갯짓에 차가운 물방울이 얼굴에 튑니다.

낚싯줄을 들어 올려 보니, 이럴 수가 있나요? 낚싯줄은 두 다리에 칭칭 감겨 있고 줄은 다시 목을 감아 날개까지 묶여 있는 겁니다. 사람도 이 정도로 묶여 있다면 꼼짝없이 죽고 말 것 같았습니다.

물닭은 어디서 그런 힘이 나오는지 꽥꽥 소리를 지르며 야단이 났습니다. 주둥이로 내 새끼손가락을 물지 않나, 발버둥을 치지 않나, 날개를 푸드덕거리며 아우성을 칩니다.

다리와 목을 엉켜 매고 있는 줄부터 끊었습니다. 낚싯줄은 가늘고 질겨서 웬만해서는 끊어지지도 않습니다. 왼손으로 물닭의 두 다리를 잡고 오른손으로만 엉킨 줄을 풀어 주려고 했더니 너무나 요동을 치고 발광을 해대서 도저히 풀어 줄 수가 없습니다. 물닭을 바닥에 내려놓고 발버둥을 치든지 말든지 나는 나대로 줄을 끊어야 했습니다. 먼저 낚싯줄을 끊어 두 다리를 자유롭게 해 놓고 이번에는 목에 감긴 줄을 끊어 목도 자유로워졌습니다. 날개에 엉켜 있는 줄마저 풀어 주었습니다. 하지만 목에도 발에도 못 다 풀어 준 줄이 남아 있는데 물닭은 가겠다고 아우성입니다. 성화에 못 이겨 놓아 주었더니 쏜살같이 내달려 갈대숲으로 사라집니다.

무릎을 일으켜 젖은 손을 바지에 쓱쓱 닦았습니다. 아마도 전생에 물닭이 나를 살려 주었던 인연이 있었는지도 모를 일이라는 생각이 듭니다.

하루 선한 일을 행하면 복이 금세 오지는 않더라도 화가 저절로 멀어진다. 하루 악한 일을 행하면 화가 금세 오지는 않더라도 복은 저절로 멀어진다.

일산 전철역 벽에 걸려 있는 『풍경 소리』에서 읽은 '동악성재(東岳聖

㈜)'의 글귀가 떠오릅니다.

　물닭이 낚싯줄에 얽매여 꼼짝달싹 못하는 모습을 보면서 나 자신도 그렇지 않은가 생각했습니다. 현대 문명 속에서 살아가며 알게 모르게 거미줄처럼 얽혀 있는 무선 통신망이, 전파가 나를 얽매고 있는 게 아닌가 여겨집니다. 보이지 않는 인터넷 전파, 손에 늘 들려 있는 스마트폰 전파, 집에 들어서면 틀어야 하는 LED TV 전파, 차를 타면 들어야 하는 라디오 전파. 이 모든 파장이 나의 눈과 귀, 손발을 묶어 놓고 있는 건 아닌지, 눈에 보이는 거미줄 같지는 않지만 낚싯줄처럼 길게 다가와 내 몸을 뱅뱅 돌면서 결국 묶는 건 아닌지 의문이 생깁니다. 이런 느낌은 직감으로 뇌리를 스쳐 가기도 하고 건강을 위협할지도 모른다는 생각에 나를 순간적이나마 깜짝 놀라게도 합니다.

　물닭처럼 나는 헤아릴 수 없이 많은 전파에 온몸이 둘둘 감기고 얽매어져 있다고 생각합니다. 다행히도 샤봇 호수에는 얼마간의 전파가 차단되어 있어서 스마트폰도 안 터집니다. 물닭의 낚싯줄을 내가 풀어 주었듯이 나를 동여매고 있는 보이지 않는 선들을 호수가 풀어 주고 있다는 걸 그제서야 알았습니다.

　새삼스럽게 호수가 고맙다는 느낌이 듭니다. 반환점을 돌아 다시 오던 길로 돌아갑니다. 올 때도 그랬듯이 갈 때도 밝은 햇살이 호수 물결에 반사되어 눈부시게 합니다.

　물결 따라 반짝이는 은빛 비늘은 다이아몬드를 한 줌 뿌려 놓은 것처럼 빛나 보입니다. 다이아몬드보다 더 귀한 햇살이 호수에 널리 퍼져 있고 나는 햇살을 흠뻑 받으며 걷고 있습니다. 흔하디흔한 햇살이 이처럼 몸과 마음을 따듯하고 훈훈하게 녹여준 날은 없었습니다.

전파로부터 해방되었다는 건 얼마나 다행인가요. 햇살을 받으며 걷는다는 건 얼마나 행복한 순간인가요. 무엇과도 바꿀 수 없는 행복과 사랑과 평화를 만끽하는 겨울날 아침입니다.

극작가 '유진 오닐'의 저택을 찾아서

유진 오닐(Eugene O'Neill)은 1888년 10월 뉴욕 브로드웨이의 허름한 싸구려 호텔에서 태어났습니다. 그의 아버지 제임스 오닐은 당시 유명한 연극배우로서 '몬테크리스토 백작' 배역만 20년째 계속해서 맡아 온 지루한 연기자였습니다.

오닐은 싸구려 호텔 방과 무대 뒤를 오가면서 어린 시절을 보냈습니다. 자라면서 프린스턴 대학에 진학하게 되었고, 아버지는 배우로서 훌륭한 자질이 있으면서도 평생 한 배역만 되풀이하다 보니 발전이 없다는 사실도 알게 되었습니다. 어머니는 가난한 호텔 방에서 힘들게 오닐을 출산한 후유증으로 고생하다가 통증으로 마약에 손을 대면서 결국 중독되고 맙니다. 오닐은 현실에서 벗어나려고 대학 1학년을 중퇴하고 선원이 되어 남미로 떠났습니다.

그는 24세에 다시 뉴욕으로 돌아왔을 때 당시 유행하던 폐병에 걸러 있었습니다. 한때 자살을 시도한 적도 있었습니다. 그러다가 1916년 매사추세츠 주 동남부 케이프 코드의 끝자락에 있는 작은 부둣가

요양 마을 프로빈스 타운에서 아마추어 극단의 실험 연극을 보고 자신의 작품을 공연케 함으로써 이 위대한 극작가가 탄생합니다. 공교롭게도 프로빈스 타운은 1620년 필그림 파더스(Pilgrim Fathers, 메이플라워호를 타고 온 영국 청교도들)가 처음으로 신대륙에 상륙한 땅이기도 합니다.

그는 1920년 '수평선 넘어(Beyond the Horizon)'로 퓰리처상을 수상합니다. 2년 뒤 '안나 크리스티(Anna Christie)'로 두 번째 퓰리처상을 받으면서 미국에서 가장 극적인 장면을 연출하는 극작가로 인정을 받습니다. 1928년 '기묘한 막간극(Strange Interlude)'으로 세 번째 퓰리처상을 수상했습니다.

유진 오닐은 그의 아버지와는 다르게 여러 가지 과감한 예술적 실험을 끝없이 시도했습니다. 당시 최초로 흑인을 주인공으로 세우기도 했으며 가면을 쓰고 등장하는 파격적인 면도 있었습니다.

그의 대표작 중의 하나인 '느릅나무 밑의 욕망(Desire Under The Elms)'은 그리스의 고전 메데이아(Medeia)와 파이드라(Phaedra)의 이야기에서 따온 것입니다. 내용은 이렇습니다.

호색가이며 욕심이 많은 늙은 아버지는 돌부리밖에 없는 땅을 일궈 농장주가 되었고 장성한 세 아들과 함께 살고 있었습니다. 그러던 중 부인이 죽자 젊은 새 부인 애비를 맞이했고, 위의 두 아들은 캘리포니아로 금광을 찾아 떠납니다.

20대 막내아들 에벤과 그의 젊은 부인 애비는 서로 재산을 차지하려는 갈등 속에서도 욕망에 끌려 아들을 낳게 되는데, 그녀는 늙은 남편에게 재산을 우리의 갓난 아들에게 물려주어야 한다고 말합니다. 그러면서도 에벤에게는 당신을 똑 닮은 우리들의 아들이라며 사랑을 요구합니다. 늙은 아버지와 막내아들 사이를 넘나들며 늙은이에게서는 재산을, 젊은 막내아들에게서는 사랑을 갈구한 것입니다.

갈등의 나날을 보내던 막내아들 에벤은 애비의 끈질긴 사랑 요구에 못 이겨 차라리 아기가 태어나지만 않았더라면 우리들의 관계는 지속되었을지도 모른다고 말합니다. 그가 멀리 떠나가겠다고 하자 결국 애비는 끔찍한 일을 저지르고 맙니다. 에벤을 떠나보내기 싫어 자신이 얼마나 그를 사랑하는지 증명해 보여 주려고 아기를 살해한 것입니다. 그녀는 아기 없이 다시 옛날로 돌아가 에벤과 사랑에 빠지고 싶어 했습니다. 뒤늦게 자초지종을 알아낸 아버지는 보안관을 불러 이들을 체포하게 합니다.

부정한 아내, 유아 살해, 보복과 갈등, 그리고 허망한 욕망이 적나라하게 펼쳐집니다. 당시로써는 너무나 파격적인 스토리였고 연극계를 완전히 뒤엎는 사건이었습니다. 뉴욕에서는 공연이 금지되었고, LA에서는 공연하고 나오는 배우들을 구금하는 사태가 벌어지기도 했습니다.

그리고 1936년, 유진 오닐은 미국인으로서는 최초로 노벨 문학상을 받았습니다. 그의 나이 48세였습니다.

샌프란시스코에서 차로 30분 정도 동쪽으로 가면 댄빌이라고 하는 작은 도시가 나옵니다. 그곳에 유진 오닐의 역사적인 저택이 있습니다. 저택은 그들 부부가 붙인 이름대로 '타오 집(Tao House, 道)'이라고 불립니다.

　유진 오닐은 평생 집을 가져 보지 못했습니다. 그러다가 노벨 상금으로 받은 4만 달러로 댄빌에 158에이커에 달하는 농장을 샀습니다. 그리고 '디아블로 산'이 바라다 보이는 언덕에 2층짜리 집을 지었습니다.

　이곳에 자리를 잡게 된 사연은 세 번째 부인에게 있습니다. 세 번째 부인 칼로타(Carlotta)는 샌프란시스코에서 태어난 연극배우입니다. 오닐은 동양 문화에 관심이 많았고 부인 칼로타는 고등학교 때부터 중국 문화에 심취되어 도교 사상에 물들어 있었습니다. 두 사람은 집을 스페니쉬 스타일로 짓고 중국풍을 가미했습니다. 정문 한쪽에는 대문을 달았습니다. 그리고 검은 칠을 해 놓았는데 이것은 검은색이 음기의 출입을 막는다는 동양적 사상에서 가져왔다고 합니다.

　또 대문에는 한문으로 '대도별서(大道別墅)'라고 쓰어 있습니다. '대도'는 도교 사상을 말하고 '별서'는 중국 건축사에서 별장같이 좋은 위치의 건물을 말합니다. 도교는 신선 사상, 음양오행을 의미하니 결국 '도를 지키는 아름다운 집'이라는 뜻입니다. 미국인들은 '대도별서'의 의미에는 관심이 없어 간단하게 '타오(道) 집'이라고 부릅니다.

안으로 들어서면 정원이 나오는데 그 정원을 통해 ㄱ자로 꺾어서 내부로 들어가게 해 놓았습니다. 마치 조선 왕릉에서 ㄱ자 식으로 길을 꺾어 놨듯이 말입니다. 이것은 귀신은 직선으로만 갈 뿐 돌아가지 못한다는 동양의 속설을 믿고 귀신이 못 들어오게 디자인해 놓은 것입니다.

오닐은 1937년부터 1943년까지 이 집에 거주했습니다. 정원에는 야외용 의자를 놓고 햇볕을 즐기기도 했습니다. 집 안으로 들어서면 입구 왼쪽에 녹색 거울이 있습니다. 1층 거실에는 청색 거울이 걸려 있습니다. 어떤 의미가 있어서가 아니라 부인의 취향이었다고 합니다. 침실에는 검은색 거울이 걸려 있습니다. 거실은 널찍하고 중앙에 벽난로가 있으며 양편으로 돌아가면서 책장입니다. 천장은 짙은 청색으로 칠했는데 밤하늘을 의미합니다. 바닥에는 갈색 타일을 깔았는데 땅을 의미한다더군요. 이게 다 동양 철학에 심취해 있던 부인의 아이디어입니다.

2층 오닐의 서재는 매우 협소합니다. 책상 두 개가 서로 반대 방향을 향해 있고 의자를 가운데 놓았습니다. 의자를 180도 돌리면 이 책상에서 저 책상이 되는 겁니다. 의자에 앉아 작품을 쓰다가 의자를 돌려 앉으면 다른 작품을 쓰기 위함이었다고 합니다. 두 작품을 동시에 쓰기 위해서 앞을 보고 앉았다가 뒤돌아 앉기를 반복하는 겁니다. 책상 위에는 잘 깎인 연필이 있습니다. 오닐은 늘 연필을 썼다는군요. 책상 앞에는 커다란 창문이 있고 창문으로는 디아블로 산이 보였습니다.

유진 오닐은 세 번 결혼했는데 첫 번째 부인 캐슬린(Kathleen Jenkins)과는 3년간 살면서 아들 오닐 주니어를 낳았습니다. 아들은 1950년 40세의 나이로 자살했습니다.

두 번째 부인 아그네스(Agnes)와 11년 동안 살면서 낳은 아들 세인은 1977년에 자살했고, 딸 오오나는 1943년 18살 때 영국 배우이자 감독으로 유명한 찰리 채플린(Charlie Chaplin)과 결혼했습니다. 당시 찰리 채플린은 53세로 나이 차이가 커서 오닐이 그렇게 말렸는데도 둘은 결혼하고 말았습니다. 그 후 오닐은 딸과 더 이상 만나지 않았습니다. 찰리 채플린과 오오나는 샌프란시스코 금문교를 건너 나파 밸리에서 살았습니다.

세 번째 부인이 배우 출신 칼로타인데 오닐과는 동갑내기입니다. 여러 번 헤어졌다 다시 합치기는 했어도 서로가 필요했기 때문에 이혼은 하지 않았습니다. 오닐의 자서전과 같은 작품 '밤으로의 긴 여로'도 그녀와 지낸 집의 서재에서 썼습니다. 그는 부인에게 내가 죽은 후에 발표해 달라고 부탁하고 세상을 떠났습니다. 네 번째 퓰리처상은 사후에 주어졌습니다.

오닐의 침실에 있는 침대는 중국산 침대로 우리네 커다란 교자상 같습니다. 수년 전 경매에 넘어간 것을 유진 오닐 파운데이션에서 부탁해서 기증받았다고 합니다. 안방은 벽과 천장을 온통 회색으로 칠했는데 이것은 오닐이 바다 안개를 좋아해서 안개를 칠한 것입니다.

밤마다 안개 속에서 잠을 이루는 오닐을 상상해 볼 수 있습니다.

그의 저택을 둘러싸고 있는 넓은 농장에서 어떤 농사일을 했던 것은 아닙니다. 한편에는 커다란 연못이 있고, 다른 편에는 농기구를 넣어두는 창고가 있습니다. 농장에는 닭장을 지어 놓고 오닐 스스로 취미 삼아 닭을 길렀다고 합니다.

유진 오닐은 개 '블레미(Blemie)'를 무척 사랑했습니다. 사냥개 종류의 포인터인데 잠잘 때도 데리고 잤다고 합니다. 1930년 대공항으로 먹을 게 없어서 굶어 죽는 사람들이 속출했었는데 그때도 블레미에게는 스테이크를 먹였다고 합니다. 오닐은 블레미를 너무 사랑해서 그의 무덤을 농장 언덕에 만들어 주었습니다. 돌비석에는 '충직한 친구 평화롭게 잠들다'라고 쓰어 있습니다.

죽음의 절벽 요세미티 하프 돔 등반

세계 7대 장관 중의 하나인 캘리포니아 요세미티 공원 입구에서
바라보면 계곡 깊숙이에 거대한 바위 돔이 보이는데 칼로 반을 도려
낸 것처럼 반쪽짜리입니다. 이름하여 하프 돔(Half Dome)이라 하는데
요세미티 공원의 상징이기도 합니다. 하프 돔은 해발 2,693m이며 전
체가 거대한 화강암 덩어리로 되어 있습니다.

해마다 세계에서 4백만 명이 요세미티 공원을 찾아옵니다. 그중에서 아주 적은 수의 사람들만이 하프 돔 등반을 희망합니다. 그리고 하프 돔 등반을 꿈꾸고 도전한 사람 중에서도 소수만이 정상에 오릅니다. 나도 여러 번 요세미티 공원을 다녀왔어도 하프 돔 등반은 꿈만 꾸고 있었지, 한 번도 올라가 본 일이 없습니다.

공원 안내소에 가면 요세미티 공원 모형을 만들어 놓은 게 있는데 하프 돔까지 등반하는 루트를 붉은색으로 그려 놓고 있습니다. 한번은 사람들이 흥미롭게 모형을 관찰하고 있는데 그중 한 남자가 자랑스럽게 하프 돔 등반 경험담을 이야기하는 겁니다. 모두 그 사람의 무용담에 귀 기울이고 있었습니다. 이야기를 듣고 있자니 나도 모르게 등산 의욕이 솟구치면서 궁금한 문제점들을 물어보게 되었습니다. 그리고 더 늦기 전에 도전해 보기로 마음먹었습니다.

미국 독립 기념일 주말은 사람이 많을 것 같아서 한 주 앞당겨 가기로 했습니다. 그런데 공교롭게도 내가 등반하기로 한 날을 일주일 앞두고 우리 집에서 가까운 지역에 거주하는 40세의 마노즈 쿠마라고 하는 남자가 하프 돔을 등반하다가 그만 떨어져 죽었다는 뉴스가 보도되었습니다. 40여 명이 지켜보는 가운데 30m 절벽 아래로 굴러 떨어져 죽었습니다. 뉴스를 접한 뒤 주변에서는 나의 등반을 만류했지만 그래도 가 보기로 했습니다.

등반 하루 전날은 요세미티 공원 입구에 있는 모텔에서 묵었습니다. 새벽 4시에 일어나 준비하고 아침 식사까지 마치니 막상 등산을 시작한 시각은 5시 50분이었습니다. 신선한 아침 공기를 마시면서 혼자서 신나게 걸었습니다. 미국은 땅이 넓어서 산도 덩치가 크고 널찍하게 자리 잡고 있습니다. 하프 돔을 끼고 계곡을 따라 하프 돔 뒤편 등반 루트가 있는 곳까지 오르는 데만도 자그마치 6시간이 걸렸습니다.

그런데 드디어 하프 돔 뒤편에 당도했더니 서브 돔(Sub Dome)이라고 해서 하프 돔만 한 또 다른 돔이 딱 버티고 있는 겁니다. 서브 돔에 올라가야 하프 돔 등반이 시작되는 것이었습니다.

들어 보지도 못했던 서브 돔 앞에 서 있자니 가파른 암반을 딛고 오를 일이 난감했습니다. 여기까지 등산하면서 이미 팔팔하던 힘은 다 소진되었고 이제 악만 남은 느낌이었습니다. 많은 사람이 앞서거니 뒤서거니 올라왔지만 모두 젊은이들뿐이었습니다.

벌써 하산하는 사람들이 있기에 정상까지 갔었느냐고 물어보았더니 서브 돔만 올라갔다가 그냥 내려오는 길이라고 합니다. 위험해서 더는 갈 수가 없었다고 하더군요.

서브 돔을 오르는 지점에 경고문이 붙어 있습니다.

이 지점을 통과하기 전에 반드시 날씨와 기후에 순응하기 바란다. 번개가 친다거나 비가 올 경우 등반을 금한다. 바위에 습기가 있으면 매우 미끄러워 죽거나 중상을 입을 수 있다. 등반객들은 번개에 노출되어 있어서 더욱 위험하다.

날씨는 좀 더워서 그렇지, 눈이 부실 정도로 청명했습니다. 그래서 가벼운 마음으로 서브 돔에 도전했습니다.

처음 20~30m는 그런대로 올라갔습니다. 그런데 차츰차츰 오르면서 얕잡아 볼 게 아니구나 하는 생각이 들었습니다. 70° 정도의 경사진 바위를 붙잡을 것도 없이 지그재그 식으로 기어오르는데 숨이 차고 발이 아파서 속도를 낼 수가 없었습니다. 조금 가다 쉬고 조금 오르다 쉬는데 어지럼증이 나고 다리가 떨리는 겁니다. 몸체를 바위에 가깝게 붙이다시피 하면서 기어오르는 암벽 등반은 난생처음 해 보았습니다.

한발 내디딜 때마다 미끄러질까 봐 신경을 곤두세우고 힘에 겨운 등반을 이렇게 지탱하면서 겨우 서브 돔 정상에 올랐습니다. 심호흡하면서 기분이 좋아 아래를 내려다보았지만 이미 기가 반은 죽어 있었습니다.

드디어 하프 돔의 전체 모습을 바라볼 수 있는 위치에 서자 태양이 눈부시게 반사되는 거대한 화강암 덩어리 하프 돔이 눈앞에 나타났습니다. 생각했던 것보다 엄청 우람하고 거칠어 보였고, 상상을 초월하리만치 덩치가 크고 장엄했습니다. 우락부락한 근육질의 거인이 코앞에 딱 버티고 서 있는 것 같은 느낌이었습니다.

그리고 하프 돔에 개미처럼 달라붙어 기어오르는 사람들을 바라보는 순간 덜컥 겁이 났습니다. 하프 돔은 70~80°의 경사로 암벽 높이 120m를 일직선으로 오르게 되어있으며, 1919년에 만든 '앤더슨 루트'라고 하는 등반 루트가 유일합니다. 1.5m 폭으로 약 2m마다 쇠말뚝을 박아 놓고 쇠로프로 연결해 놓았습니다. 그리고 양쪽 쇠말뚝에 송판을 가로질러 묶어 놓아 발을 디딜 수 있게 했습니다. 쇠줄을 잡은 채 오른쪽으로는 올라가고 왼쪽으로는 내려오는 겁니다.

1919년 정상에 오르는 루트가 개설된 이후 다섯 사람이 떨어져 죽었습니다. 지난주에 한 사람이 죽었고, 2007년 6월 16일에는 37세의 일본인 등산가 히로후미 노하라 씨가 2/3 정도 오르다가 추락해 90m 밑으로 굴러 떨어져 죽었습니다. 1985년 7월 27일에는 하프 돔 정상에서 마른번개가 쳐서 두 사람이 죽고, 세 사람이 중상을 입은 일도 있습니다.

요세미티 공원 구조대에 의하면 매년 크고 작은 추락 사고가 300건이나 발생한다고 합니다.

한 무리의 젊은이들이 하프 돔에 도전하기 전에 모여 앉아 충분한 휴식과 에너지 축적을 위해 에너지 바를 먹고 있었습니다. 나는 기가 질리고 겁이 나서 하프 돔을 오를 것인지 그만두고 하산할 것인지 망설였습니다. 입맛까지 사라져 김밥을 반 줄만 먹고 한동안 하프 돔을 바라보고만 있었습니다.

그런데 거의 반 시간을 앉아 쉬다 보니 힘이 되살아나면서 생각도 바뀌기 시작했습니다. 아무리 늙어 칠십이 다 됐다고 하지만 여자들도 올라가는 데 내가 왜 못해? 할 수 있다고 마음을 먹으니 자신감도 생겼습니다.

다시 배낭을 챙겨 메고 하프 돔으로 향했습니다. 암벽 등반이 시작하는 지점에는 한 무더기의 헌 가죽 장갑이 쌓여 있었습니다. 그때가 되어서야 장갑을 끼지 않고는 장시간 쇠줄에 매달려 있을 수 없다는 걸 깨달았습니다. 진작부터 알았다면 내 손에 꼭 맞는 가죽 장갑을 구해 왔을 텐데. 가죽 장갑이 있어야 하는 줄도 모르고 도전하는 허술한 준비다 보니 하프 돔이 이렇게 험준하고 위험한 등반인 줄을 어찌 짐작이나 했겠어요. 그냥 온 사람들을 배려해서 장갑을 공급해 주는 공원 측이 고맙기만 합니다.

쇠밧줄을 잡고 오르는 건 생각보다 힘들고 어렵고 까다로웠습니다. 경사가 너무 가팔라서 모든 힘을 양팔에 집중시켜 몸을 끌어올려야 합니다. 발은 그냥 따라가는 겁니다. 금세 팔이 아파 쉬어야 했습니다. 다리가 후들후들 떨리는 건 경험해 봤어도 팔이 후들후들 떨리는 건 처음이었습니다. 대여섯 발 정도 오르고 쉬고를 반복했지만 팔에 힘이 빠지면서 나의 의지와는 상관없이 손바닥이 저절로 펴지는 겁니다. 아찔해서 정신을 똑바로 차려야 했습니다. 여기서 손을 놓으면 굴러 떨어져 죽는다는 건 의심의 여지가 없었습니다. 떨어져 죽었다는 사람들이 이해가 되더군요.

반 시간 넘게 사투를 벌이다가 드디어 쇠밧줄 끝자락을 놓는 순간 여기가 정상인가 했습니다. 그러나 그게 아니었습니다. 불어오는 거센 바람을 안고 다시 가파른 맨 바위 경사를 기어 얼마를 더 올라가야 했습니다. 드디어 앞이 탁 트이는 게 정상이 보입니다. 하프 돔 정상은 생각보다 훨씬 넓었습니다. 둥근 돔 정상이 넓다 보니 평편하게 보였습니다. 축구 경기장 2개 정도 합쳐 놓은 것처럼 드넓었습니다. 이 끝에서 저 끝까지 까마득했습니다. 밑에서 바라볼 때는 그냥 하나의 커다란 돔이었는데 막상 정상에 발을 디뎌 보니 어마어마하게 거대한 바위 덩어리였구나 하는 생각이 들었습니다.

젊은이들은 하프 돔 코끝 튀어나온 바위에 앉아 요세미티 계곡을 내려다보고 있었습니다. 앉아 있는 바위 밑은 천 길 낭떠러지입니다. 모두 행복해 보였고 해냈다는 긍지와 자부심에 차 있었습니다.

늙은이는 나 혼자뿐이었습니다. 은퇴한 나이에 하프 돔에 올랐다는 건 어쩌면 기네스북에 올라야 하는 게 아니냐고 웃어 봅니다. 동서남북 어디를 보나 아름다운 경치뿐입니다.

하프 돔 끝자락에 어깨처럼 삐져나온 '다이빙 보드'라고 불리는 널빤지 바위 위에 서서 만세를 불렀습니다. 나이 들어 힘든 고지에 오르니 더욱 감회가 깊었습니다.

할 수 있다고 마음을 바꿔 먹는 순간 해내게 되더군요.

김치와 미국인들

미국에서 살면서 종종 느끼는 일이지만 미국인들은 '김치' 하면 한국인, '한국인' 하면 김치를 떠올립니다. 한국을 대표하는 음식에는 불고기, 고추장도 있지만 김치가 으뜸입니다. 그 강렬한 맛 때문에 김치를 한번 맛본 외국인들의 기억 속에 각인되고 말기 때문입니다.

우리야 늘 먹는 게 김치이니까 새롭게 느낄 것도 없지만 생전 처음 김치를 맛보는 사람은 그 매운맛에 고개를 절레절레 흔들고 맙니다. 그리고 만나는 사람마다 자신의 경험담을 말해 주고는 합니다.

세상에 김치처럼 명목 하나만으로 종류가 다양하고 맛도 가지각색인 식품은 없을 것입니다. 김치는 처음 담가 설익었을 때부터 마지막에 남아 시어 꼬부라진 것까지 버릴 게 하나도 없는 음식입니다. 한국인은 다른 반찬이야 없어도 살지만 김치가 없으면 못 삽니다.

김치에 돼지고기와 두부를 넣고 끓인 김치찌개가 맛있다고 느껴지면 김치를 좀 아는 사람이 된 겁니다. 신 김치까지도 사랑해야 김치 마니아라 할 수 있겠지요.

하지만 아무리 김치가 한국을 대표하는 음식이라 하더라도 한국인이 다 좋아하는 건 아닙니다. 나 역시 어려서는 김치를 싫어했으니까요. 그때는 어른들이 김치를 물에 씻어서 주었고 또 반찬이 김치밖에 없어서 할 수 없이 먹었는데 결국 이렇게 김치 중독에 걸리게 됐습니다. 요즈음 미국인들이 김치를 좀 먹을 줄 안다고 밥상에서 김치 찾는 걸 보면 기특하기도 하지만 아직도 멀었다는 생각이 듭니다.

70년대 초에는 샌프란시스코 지역에 한국인이 별로 없었습니다. 한국 식품점도 없어서 주로 일본 식품점을 이용하던 시절이라 김치는 당연히 없었습니다. 한국인들은 배추를 사다가 집에서 직접 담가야 했습니다. 김장하듯이 한꺼번에 여러 병 담가 냉장고에 넣어 두고 먹었습니다.

김치를 처음 담갔을 때는 냄새가 나는 줄 모르다가 점점 숙성해 가면 가스를 발산하기 시작하면서 냄새도 같이 뿜어댑니다. 김치가 시어 가면서 풍기는 냄새는 가히 지독합니다. 신 김치 뚜껑을 열 때면 아무리 내가 한국인이라고 해도 고약한 냄새에 코를 막아야 할 지경입니다.

70년대 역시 미국인들은 물론이고 일본인들도 김치 냄새라고 하면 고개를 절레절레 흔들면서 도망가고는 했습니다. 한국인을 흉볼 때에는 마늘 냄새하고 김치 냄새를 번갈아 풍긴다고 놀려댔습니다. 김치 냄새를 싫어하는 미국인들 중에는 대놓고 썩는 냄새 같다느니, X 냄새 같다느니 하는 사람도 있었습니다. 썩은 음식을 먹고도 배탈이 나지 않느냐고 묻기도 했습니다.

한국인들은 김치 먹는 게 뭐 죄를 짓는 일인 양 숨겨 다니면서 먹어야 했습니다. 김치를 먹고 나면 껌을 씹든가 양치질을 해서 냄새를 제거하는 수고를 해야만 했습니다. 대한항공이 미주에 처음 취항했을 때만 해도 기내식에 김치를 놓는다는 건 상상도 할 수 없었습니다. 김치 냄새는 곧 후진국 냄새로 통하고 있었으니까요. 김치가 무슨 죄가 있겠어요. 한국이 못살다 보니 사람들도 주눅이 들어 기를 못 펴고 살아야만 했고 김치도 덩달아 기가 죽어 있었습니다.

어려서 내가 학교에 다닐 때는 '초등학교'가 아니라 '국민학교'였습니다. 나라가 가난하던 시절이라 한 교실에 70~80명이 함께 공부했습니다.

5학년이었던 어느 날 담임선생님이 전학 온 아이를 데리고 교실로 들어섰습니다. 그날따라 선생님은 싱글벙글하는 표정으로 아이를 소개하더니 중간쯤에 앉아 있던 아이를 뒷자리로 옮겨 앉게 하고 새로 전학 온 아이를 그 자리에 앉게 해 주었습니다. 나중에서야 안 사실이지만 아이의 아버지가 지방에서 국회의원에 당선되어 서울로 전학을 왔다고 했습니다.

부잣집 아이가 으레 그랬듯이 국회의원 아들도 우리 반에서 특별대우를 받았습니다. 특별대우를 받는다는 것은 장난기 많은 아이가 그 아이에게 짓궂게 굴지 못한다거나, 힘센 아이들이 점심 먹을 때 그 아이의 반찬을 뺏어 먹지 않는 등 좋게 말하면 배려, 다르게 말해 우대해 주는 것을 의미합니다. 담임선생님도 그 아이에게는 눈길을 더 주는 것 같았습니다. 어떤 때는 교장 선생님도 반에 들러 공부하는 모습을 지켜보고 가셨습니다.

이상한 것은 아버지가 국회의원 신분으로 바뀌었을 뿐 그 아이는 아무것도 바뀐 게 없는데도 대우를 달리 받는 것이었습니다. 아버지의 신분 상승이 아들에게까지 영향을 미치고 있었습니다.

88 올림픽을 치르면서 한국의 위상이 한 단계 올라갔고, 한국인이 받는 대우도 달라지기 시작했습니다. 언제부터인지 분명하지는 않지만 김치도 덩달아 떳떳하게 대우받는 세상으로 바뀌었습니다. 과학적인 발효 식품이다, 웰빙 식품이다, 비타민이 풍부한 영양 식품이다, 선조들의 지혜가 숨겨져 있다 등의 해석과 풀이를 곁들여 고급 식품으로 격상되었습니다.

어찌 된 일인지 미국인들도 김치를 찾아 한국 식당에 들르기도 하고 미국 식품점에서 김치를 팔기도 합니다. 한국이 잘사는 나라가 되고 선진국 대열로 들어가다 보니 먹는 음식도 같이 격상되는 모양입니다. 김치는 옛날이나 지금이나 아무것도 바뀐 게 없는데 받는 대우는 달라졌습니다.

마치 국회의원의 아들처럼.

우리들의 사랑은 묵은 간장처럼

샘표 간장 주최 봄맞이 편지 공모전의 발표날이라는 걸 마음속에 간직하고 있었습니다. 발표가 있더라도 오후쯤에나 있겠지 했습니다. 그리고 신문에 게재되려면 하루는 지나야 할 것이라고 나름대로 생각하고 있었습니다.

그러면서도 새벽에 눈을 뜨자마자 이메일을 열어 보았습니다. 정크 메일이 13통이나 들어와 있었습니다. 그중에 하나 눈에 번쩍 띄는 게 가슴을 두근거리게 했습니다. 긴장도 되고요. 저절로 미소도 지어지더군요. 클릭해 보았습니다.

제8회 '봄맞이 편지 공모전' 금상!

와, 기대했던 것보다 큰 상이었습니다. 프린트해서 주방에서 아침 준비를 하는 아내에게 보여 주었습니다. 아내는 나보다 더 기뻐했습니다. 사실 봄맞이 편지 공모전을 신문에서 읽고 내게 건네주면서 응모해 보라고 부추긴 건 아내였습니다. 아내는 상금이 탐이 났던 거지요.

싱크대 앞 창문을 통해 소나기처럼 쏟아져 들어오는 아침 햇살을 맞으며 나는 아내를 꼭 안아 주었습니다. 이 아침의 행복한 순간을 오래도록 간직하고 싶었습니다.

우리들의 사랑은 묵은 간장처럼

배낭을 메고 집을 나와 버렸지. 걸으면서도 머릿속에서는 계속해서 당신과 싸우고 있는 거야. 혼자 중얼거리면서 걸었지.

자기 말만 옳다고 우겨대는 당신 때문에 복장이 터질 것만 같았어. "내 편이야, 누이 편이야." 선택을 하라니 이게 어디 말이나 되는 소리야? 기가 막힌다는 생각을 하면서 샤봇 호수가 보이는 언덕길을 넘어 풀밭을 헤집고 걸었어.

올해 봄은 겨울이 억지로 밀어내는 바람에 등 떠밀려서 온 봄처럼 그렇게 시큰둥하더군. 5월인데도 바람이 쌀쌀하고, 공기도 차갑고, 가뭄으로 길가에 흙먼지만 일어나고 있었어. 예년 같았으면 야산에 풀이 정강이까지 자랐어야 하는데 올해에는 반도 못되더군.

그래도 봄은 봄이라고 야생화도 피고, 새들은 바쁘게 짝을 찾아 헤매고, 노루며 사슴도 활개 펴고 들판으로 나옵디다. 야생 터키 수컷이 암컷 세 마리와 풀밭을 거니는 게 보기에 좋았어. 경계의 눈길을 보내면서 꽁지깃을 치켜세우고 몸을 부풀려 한껏 위용을 과시해 보이는 거야.

가뭄 때문에 덜 자란 야생화도 불만은 없어 보였어. 올해에는 더욱 건조하고 메마른데도 야생초는 꽃을 피우더군. 웃음으로 꽃을 피우고 있었어. 꽃이 곧 미래이고 희망이니까.

봄이 새들의 마음을 들뜨게 하여 암컷을 부르는 애절한 사랑 노래가 아름답기도 하고 곡절이 있는 것처럼 들리기도 합디다. 수컷의 애절한 사랑 노래는 때를 놓치면 미래를 놓치기 때문일 거야. 두 마리 새가 방향을 못 잡고 미친 듯이 갈팡질팡하면서 숲 속으로 날아드는 게 아마도 수컷이 암컷을 쫓고 쫓기는 모양 같았어.

새만 쫓고 쫓기는 게 아니라 바람도 쫓고 쫓기고 있습디다. 봄바람이 살랑살랑 꼬리를 흔들면서 지나가면 반드시 그 뒤를 따라가는 바람이 있더군. 바람이 나뭇가지를 스치며 지나가면 다음 바람이 쏜살같이 그 뒤를 쫓아가더란 말이야.

바람도 암컷이 있나 봐. 암컷이 도망가면 수컷이 잡으려고 냅다 달려가는 것 같았어. 둘이 싸움이라도 할라치면 바람은 거세지고 더 심하면 나뭇가지를 부러뜨리지. 짧은 폭풍과 긴 평화가 자연의 순리인 것처럼 우리 삶의 여정도 평화가 더 길다는 것을 난들 모를 리가 없지. 봄볕 따뜻한 들녘은 온통 그린이야. 싱그러운 풀밭에 덜렁 누워 봤지. 풀냄새가 신선하게 다가왔어. 푸른 하늘에 구름 몇 점 흐르고, 봄바람이 살갗을 스치는데, 어릴 때 부르던 동요가 생각나는 거야.

"오월은 푸르구나, 우리들은 자란다."

초등학교에 막 입학했을 때였어. 학교가 파하면 가죽 가방을 등에 메고 신발주머니를 빙빙 돌려대면서 집으로 뛰어가는 거야. 가는 길에 외할머니네 집이 있거든. 대문을 열면 삐꺽 소리가 길게 여운을 남겼어.

왼편에 장독대를 지나면 넓은 마루가 있었지. 외할머니는 언제나 나를 예뻐해 주셨어. 가방을 받아 들고 "배고프지, 밥 줄게." 하시면서 부엌으로 가시는 거야. 그리고 무쇠솥 안에 넣어 두었던 밥그릇을 꺼내 점심을 차려 주셨지. 그러시면서 "오늘은 반찬이 없네. 내가 맛있는 간장을 퍼 올 테니 밥 비벼 먹어라. 어휴, 내 새끼."라며 종지를 들고 장독대에서 작은 항아리 뚜껑을 열어 국자로 간장을 퍼 담으셨지. 할머니는 묵은 간장을 애지중지하시면서 아무도 못 만지게 하셨어. 흰밥에 간장 한 숟갈 넣고 비비면 밥이 다 검어지는 거야. 하지만 맛이 달콤하고 짭짤해서 그만이었지. 나는 그때 그 묵은 간장 맛을 잊을 수가 없어. 간장이 묵으면 묵을수록 진해지듯이 인연도 묵으면 묵을수록 깊어지는 게 아니겠어? 우리처럼 함께 오래 산 사람의 인연도 묵은 간장처럼 맛이 깊어야 하는데…….

누워 있던 등허리로 풀 기운이 스며 눅눅해 오는 것 같아 자리를 털고 일어났지. 그리고 사랑스러운 계곡물 소리를 따라 내려갔어. 물은 이리저리 부딪치고 깨어지면서 구불구불 흘러가고 있습디다. 바위에 부딪히면 옆으로 피해 갔다가 다시 돌아오면서 불편해하기보다는 오히려 즐겁게 콧노래를 부르며 흐르고 있었어. 물은 흐름을 막는 바위에 화를 내기보다는 오히려 노래로 화답하더란 말이야.

계곡의 물이 인공수로처럼 막히는 곳 하나 없이 직선으로 흘러내려 간다면 가속도가 붙으면서 흙을 쓸어 산사태를 몰고 오겠지. 물줄기가 군데군데 바위에 가로막혀 구불구불 흐르는 까닭에는 속력을 제어함으로써 자연 보호를 감당하기 위한 이치가 숨어 있다는 것을 깨닫게 되었어. 계곡물 흐르는 소리가 듣기 좋은 까닭은 걸림돌이 많기 때문인 것도 알게 되었고,

당신이 내게 순종으로만 대해 준다면 잘난 줄 알고 교만해지는 나를 어찌 사람이라 할 수 있겠어. 당신의 주장이 나의 오만을 막아 주는 처방전이라니, 참으로 우주 만물의 조화는 신비로운 것이어서 고개가 저절로 숙여집디다. 사람의 마음은 오묘해서 생각을 달리하니 오히려 고마운 생각이 드는구려.

계곡물을 따라 피어 있는 강아지풀의 가지 하나 꺾어 유리컵에 꽂아 리본처럼 접은 편지와 함께 싱크대 위에 놓을 생각이야. 새로운 것을 알게 되니 봄날도 새롭고 화창하게 보이는구려.

영국 명문 중의 명문 '이튼 고등학교'

　기차역 '윈저와 이튼 강변역'에서 뒷골목으로 조금만 가면 아름다운 텐스 강이 나옵니다. 봄기운이 완연한 4월의 어느 날, 영국 최고의 명문 '이튼 고등학교(Eton College)'를 찾아가는 길입니다.

　내가 이튼 고등학교라는 이름을 처음 알게 된 것은 소년 시절의 일입니다. 국어 교과서에 실렸던 산문 두 편을 지금도 기억하고 있습니다. 하나는 그랜드 캐니언을 편지 형식으로 쓴 글이었고, 다른 하나는 이튼 고등학교를 방문하고 받은 감명을 적은 산문이었습니다. 그때부터 그랜드 캐니언과 이튼 고등학교를 꼭 가 보고 싶었습니다.

　1970년 여름, 그랜드 캐니언을 바라보고 느꼈던 감동은 이루 말할 수 없습니다. 그 후 미국에 살면서 여러 차례 가 보았는데 갈 때마다 광활하고 거대한 자연과 변화에 숙연해지고는 했습니다. 6억 년의 영겁을 한눈에 내려다보는 감동을 어찌 글로 표현할 수 있겠어요.

　그리고 이튼 고등학교라는 이름을 알게 된 지 반세기 만에 드디어 방문하게 되었습니다.

　강을 가로지른 다리를 건너면 이튼 타운입니다. 거기서부터 10여 분 걸어가면 이튼 고등학교가 나온다고 했습니다. 폭이 그리 넓지 않은 템스 강은 그런대로 물이 맑은 편이었고 강을 따라 양편에는 건물들이 바짝 붙어 있었습니다. 강 위에는 백조도 있었고 작은 보트도 있었습니다. 다리 위에는 거리 악사들이 기타며 벤조를 켜고 있었습니다. 다리에서 이어져 이튼 고등학교로 가는 길이 하이 스트리트(High Street)입니다. 부활절 방학으로 학교는 휴교인데도 거리는 관광객들로 붐볐습니다.

　500년 전 이 길은 마차가 다녔습니다. 지금은 자동차가 다니고 있습니다. 그때나 지금이나 도로와 도로 양편의 건물들은 그냥 그대로입니다. 한국에도 500년 전의 성균관이 그대로 있지만 그 주변에서 옛 정취를 다 몰아내 버려 지금은 옛것의 흔적조차 없는 것과는 대

조적이었습니다.

'하이 스트리트'를 따라 걸어가다 보면 옛 건물만 그대로 남아 있는 게 아니라 상점도 그대로입니다. 1799년에 문을 연 구멍가게 'Tudor Store'은 지금도 그대로 영업 중입니다. 건물도 그대로, 진열대도 그대로인데 다만 상품만 바뀌었을 뿐입니다. 1784년부터 맞춤 신사복을 만들던 'Tom Brown Tailors' 양복점도 건물 그대로, 견본 그대로 영업 중이었습니다.

작은 동네다 보니 우체국도 문방구점 귀퉁이를 빌려 쓰고 있었습니다. 길가에는 1950년대에 우리나라에서 사용하던 둥글고 빨간색 우체통이 있었습니다. 타임 머신을 타고 100년을 뒤로 간 것 같은 느낌이었습니다.

이튼 고등학교는 정문으로 들어서면 테니스장 네 개 정도의 마당을 놓고 사방 건물로 둘러싸여 있습니다. 오른쪽에 이튼 교회당이 있고 그 외의 삼면은 학교 건물입니다. 교정 중앙에는 이튼 고등학교의 설립자인 헨리 6세의 동상이 있습니다.

1440년 헨리 6세 왕은 윈저성 근처에 신부 양성을 목적으로 이튼 고등학교를 설립했습니다. 최초의 입학생은 70명이었는데 전원 장학생이었습니다. 학생들은 모두 기숙사에서 생활해야 했고 수업은 라틴어로 받았습니다. 매우 열악한 환경이어서 창문에 유리도 없이 추위에 그대로 노출되어야만 했습니다. 식사는 하루에 두 끼밖에 제공되지 않았고 예배는 16번을 드려야 했습니다.

최종 졸업생은 17명이었다고 합니다. 혹독한 시련과 단련의 전통은 지금도 이어져 내려오고 있습니다. 오죽하면 "이튼에서 살아남은 사람은 어디서나 살아남을 수 있다."는 말이 생겨났겠어요.

　학생들은 15세기에 사용하던 책상과 걸상에서 지금도 공부하고 있습니다. 몇백 년을 사용하다 보니 나무 기둥과 책상은 학생들이 칼로 새겨 놓은 이름들로 빈틈이 없습니다. 이튼 고등학교를 졸업하는 학생은 자신의 이름을 새겨 놓고 나가는 것이 전통입니다. 학생들 스스로 자기 이름을 새기다 보니 어떤 이름은 너무 크게 새겨져 있고 어떤 이름은 너무 작게 새겨져 있습니다. 지금은 학교에서 일률적으로 똑같은 규격으로 새겨 놓습니다. 얼마 전에 결혼한 윌리엄 왕자와 그의 동생 헨리 왕자의 이름도 있었습니다.

　이튼 고등학교는 전통적으로 남학교이며, 11세에 입학시험으로 여러 과목을 칩니다. 시험에 합격한 학생은 선생님들이 한 시간에 걸쳐 인터뷰합니다. 시험과 인터뷰에 통과한 학생은 임시 입학 허가서를 받습니다. 입학 후 9개월 동안 기숙사 생활을 하면서 최종 입학 여부가 결정됩니다. 정식 입학은 13세이고 졸업은 18세입니다. 지금은 학생 수가 1,317명이며 그중에 700명이 장학생이고 전원 기숙사에서 생활해야 합니다.

　28개의 과목이 있고 학생들은 자유로이 과목을 선택할 수 있습니다. 과외 활동도 활발해서 봉사 활동은 안 하는 것이 없고 심지어 주말 시장에 나가 장사 경험도 쌓습니다. 뿐만 아니라 스포츠 활동도 대단한데 그중에서도 카누 실력은 세계적입니다. 카누 선수들이 노를 저으면서 부르는 노래 가사 중 "지금 우리를 결속시킨 쇠줄은 평생 누구도 끊을 수 없다."는 구절처럼 사회생활에서도 대학 동창보다 이튼 고등학교 동창들끼리의 보살핌이 두드러진다고 합니다. 또 학과

목 수가 많다 보니 금녀의 학교임에도 지금은 여자 선생님이 27명이나 됩니다.

영국이 산업 혁명으로 몸살을 앓고 있을 때 물이란 물은 모두 오염되어 있었습니다. 이튼 고등학교에서도 할 수 없이 학생들에게 물 대신 맥주를 제공했다고 합니다.

학생들의 진출 분야를 보면 정치와 정부 쪽으로 가는 학생이 많습니다. 그리고 군, 특히 육군에 지원하는 학생도 여전히 많습니다. 성직자를 택하는 학생 수는 줄어드는 반면에 의사를 선호하는 수는 늘어나고 있습니다. 최근에는 환경 보호나 인권 운동가, 그리고 자선일을 돕는 운동가가 늘어나는 추세입니다.

이튼 고등학교에서 19명이나 영국 수상이 배출되었습니다. 세계적인 철학자, 경제학자, 예술가, 극작가 등 이루 헤아릴 수 없이 많은 명사를 배출했습니다. 1층 복도에 가면 복도 양편으로 1차 세계 대전에 나가 전사한 이튼 출신들의 명단이 이 끝에서 저 끝까지 새겨져 있고, 다른 편에는 2차 세계 대전에 나가 순국한 이튼 출신들의 명단이 끝없이 새겨져 있습니다. 국가를 위해 목숨을 바친 수많은 이튼의 명단을 보면서 학교의 명성이 그냥 얻어지는 게 아니라는 생각이 들었습니다.

교회 안은 그리 넓지 않았습니다. 지금은 예배당이 작아서 전교생이 함께 예배드릴 수 없어 졸업반 학생들만 참석합니다. 제단과 마주보는 벽에는 거대한 파이프 오르간이 있습니다. 2차 세계 대전 때 독일군의 폭격으로 교회의 유리창이 다 깨져 버렸는데 파이프 오르간 위쪽에 있는 스테인드글라스만 유일하게 깨지지 않았다고 합니다.

이튼 교회 합창단은 세계 여러 나라를 순회 공연하는 것으로 유명합니다. 특히 일본에서는 대대적으로 환영을 받는다고 합니다.

제단 뒷벽에는 거대한 아치형 창문이 있는데 스테인드글라스로 벽화를 그려 놓았습니다. 윗부분 그림은 예수님이 십자가에 못 박혀 있는 장면인데 체구에 비해서 벌리고 있는 팔의 길이가 유난히도 깁니다. 인류를 모두 끌어안는다는 의미라고 합니다. 천 개의 손에 달린 눈으로 모든 고통을 보살펴 준다는 불교의 '천수관음상'과 같은 의미입니다.

아랫부분의 그림은 마지막 만찬 장면입니다. 예수님과 열두 제자가 둘러앉아 있는데 모두 머리 뒷면에 둥근 광배가 그려져 있습니다. 아침 햇살이 유리창에 비치면 예수님과 열한 제자의 둥근 광배에서는 빛이 발합니다. 그러나 앞에 앉아 있는 유다의 광배에서는 빛이 발하지 않습니다.

이튼 고등학교를 둘러보고 다시 '하이 스트리트'를 걸어 기차역으로 향했습니다. 길가에는 이튼 고등학교 동창회 건물이 보입니다. 이 건물은 1802년 작고한 불어 선생 마크 안토니 포니가 기증한 건물이라고 동판에 새겨 있습니다.

1826년에 문을 연 포도주 가게가 지금도 영업 중이었고, 너무 헐어 무너질 것 같은 고옥을 새로 단장하고 보존하려는 모습이 아름답게 보였습니다. 옛것의 가치를 알고 보존하려는 영국인들의 모습이 아름답다 못해 부럽기까지 했습니다.

언덕 위의 하얀 3층 집

내가 알고 지내는 글로리아는 홍콩계 미국인 2세입니다. 젊고 예쁘장하고 자그마한 체구의 여자입니다.

같은 중국인이라고 해도 본토인과 홍콩계는 엄연히 다릅니다. 중국인들은 어수선한 면이 있습니다. 될 일도 안 되고 안 되는 일도 되게 하는 조금은 무질서한 사고를 지니고 있습니다.

그러나 홍콩계 중국인은 영국식 교육을 받아서 반은 영국식입니다. 차분하고 질서를 지키는 면이 영국인을 닮았습니다. 본토인에 비하면 매우 신사적입니다.

글로리아가 소살리토로 이사 간 지도 벌써 일 년이 다 됩니다. 산 중턱에 자리 잡은 하얀 3층 집이 그녀의 집입니다. 헌 집을 사서 비워 놓고 일 년도 넘게 수리를 해서 지금은 새집이나 마찬가지가 되었습니다.

1층은 차고이며 3층까지 엘리베이터를 타고 오르내리게 되어 있습니다. 2층은 마스터 베드룸과 사무실이 있습니다. 3층에 가면 다이

닝 룸과 거실, 그리고 주방이 있습니다. 구태여 3층에 거실이 있게 된 까닭은 3층에서 내다보는 경치가 가장 뛰어나기 때문입니다.

푸른 바다와 바다 건너 샌프란시스코의 마천루가 한눈에 들어옵니다. 달력 사진 같은 경치입니다. 휴일에는 하얀 요트들이 푸른 바다 위를 한가롭게 다니는 평화로운 풍경이 펼쳐집니다. 비가 오다 말다 할 때는 창밖에 무지개가 영롱히 피어오릅니다. 꿈 같은 집이지요.

남편이 백인인데 나이가 좀 많습니다. 하지만 능력 있는 남자이기에 젊고 예쁜 여자와 산다는 것을 한눈에 알아차릴 수 있습니다.

아이도 없는 글로리아는 호강하면서 사는 여자입니다. 남편은 전처에게서 낳은 아이가 셋이나 있어서 더는 아이를 원하지 않는다고 합니다. 말이 아이이지, 지금은 장성해서 모두 독립해 살고 있습니다.

글로리아는 고급 차만 타고 다닙니다. 최고급 옷들이 마네킹에 입혀진 상태로 옷장에 줄을 서 있습니다. 실내에 장식해 놓은 그림이며 소품은 매우 세련된 작품들로만 수집해 놓았음을 볼 수 있습니다. 한번은 그 집 창고를 들여다볼 기회가 있었는데 미처 풀지도 않고 싸여 있는 미술품들이 많이 있었습니다. 돈에 구애받지 않고 사는 여자라는 걸 직감할 수 있었습니다.

저녁이면 드레스로 잘 차려 입고 고급 레스토랑에 가서 디너를 즐기고는 합니다. 어제 저녁은 특별히 버클리 대학 뒷산에 있는 페어몬트 호텔 레스토랑에 갔었다고 자랑하더군요. 호텔 2층에 자리 잡은 다이아몬드 홀에서 저녁을 먹었다고 합니다. 크리스마스 트리의 불빛처럼 밤하늘에 반짝이는 버클리 시내가 내려다보이는 넓은 창가 테이블에 앉아 저녁 한때를 즐겼다고 했습니다. 나는 이름만 들어 봤지, 실제로는 한 번도 본 일조차 없는 프렌치 와인 '샤토 라야'도 마셨다고 했습니다.

재작년 겨울이었습니다. 그녀가 샌 마태오에서 살고 있을 때 그녀의 집을 방문한 일이 있었습니다. 그 집 역시 산언덕 위에 있으면서 샌 마태오 다리가 한눈에 들어와 경치가 일품인 집이었습니다. 깨끗이 수리를 해서 새집과 다를 바 없었습니다. 부부가 살기에는 집이 너무 큰 것처럼 보였습니다. 남편은 넓은 거실 바닥에 설계도를 펼쳐 놓고 새로운 구상을 하는 것 같았습니다.

그녀는 감기에 걸려 있었습니다. 감기를 달고 산다고 했습니다. 그녀의 어머니가 인삼을 구해다가 주었다면서 보여 주는데 인삼차와 인삼으로 만든 보조 식품들이었습니다. 모두 중국산 아니면 홍콩 제품들이었습니다.

중국 사람들은 내가 한국인이라는 걸 알고 나면 인삼 이야기를 빼놓지 않고 꺼냅니다. 마치 한국인들은 모두 인삼에 대해서 잘 알고 있는 것으로 착각하고 있는 것 같습니다.

중국인들은 인삼을 신봉합니다. 어느 중국인 집에나 인삼 제품은 있기 마련입니다. 그러나 고려 인삼은 없습니다. 어쩌다가 고려 인삼이라고 보여 주는 중국인도 있기는 하지만 언뜻 보기에도 조잡하게 포장된 게 가짜로 보입니다. 고려 인삼이 좋다는 것은 다 알고 있지만, 가격이 비싸서 감히 엄두를 내지 못합니다. 그 바람에 짝퉁이 판을 치고 있습니다.

글로리아 역시 여러 가지 인삼 제품을 먹었으나 효과를 보지 못했다고 했습니다. 나는 자연스럽게 한국의 정관장을 설명해 주지 않을 수 없었습니다. 정관장 중에서도 엑기스로 되어 있는 것을 알려 주었습니다. 그리고 수소문 끝에 정관장 대리점을 찾아냈습니다. 대리점이 한 곳뿐인데 산호세라서 차를 타고 한 시간을 달려야 했습니다. 그러나 글로리아에게 있어서 감기만 떨어질 수 있다면 거리 정도는 문제가 되지 않는 것 같았습니다.

한 달여 지난 어느 쌀쌀한 날 그녀를 만났습니다. 정관장을 사다 먹는 중이라고 했습니다. 매우 비싸더라고 하더군요. 판매원이 이걸로 복용하라고 했다며 병을 보여 줍니다. 내가 추천해 준 녹색 라벨이 붙어 있는 엑기스가 아니고 검은 라벨이 붙어 있는 환이었습니다.

그러면서 판매원이 일 년 내내 계속해서 복용하라고 했다더군요. 글로리아는 의심스러운 표정으로 "일 년 내내?" 하면서 고개를 갸우뚱했습니다.

일 년 내내라는 말은 내게도 이상하게 들렸습니다. 그러면서 난센스 같다는 생각이 들었습니다. 일 년 내내. 그러면 끝없이 평생을 복용하란 말인가?

정관장이 한국 제품이다 보니 마치 내가 팔아먹은 상품인 양 편을 들어 줘야 한다는 의무감마저 느꼈습니다. 할 수 없이 내가 알고 있는 인삼에 관한 일반 상식을 말해 주었습니다. 그러면서 계절이 바뀌는 봄과 가을로 석 달씩 먹어 두는 게 좋겠다고 말했습니다. 그렇게 한겨울을 보냈고 다시 겨울이 왔습니다.

소살리토에 있는 그녀의 새집은 아침부터 해가 들기 시작하면 해질녘까지 태양과 함께 지내야 합니다. 온종일 햇볕이 소나기처럼 쏟아져 들어오는 집입니다. 주방뿐만 아니라 거실, 마스터 베드룸, 어딜 가나 햇볕을 받으면서 살아야 합니다. 공기 맑고, 조용하고, 경치 좋고, 아늑한 집입니다. 거기다가 햇볕마저 풍부한 집입니다.

그녀는 신기하다면서 이 집으로 이사 온 후로는 평생 붙어 다니던 감기가 사라졌다고 합니다. 올해에는 정관장을 안 먹었는데도 감기 증세가 없다고 하더군요. 그러면서 햇볕이 너무 잘 들어서 감기 기운이 다 도망간 모양이라고 웃었습니다.

3층 거실에 있는 더블 프렌치 도어를 열고 나서면 발코니로 이어집니다. 넓은 발코니에 놓여 있는 원형 티 테이블에 앉아 겨울 햇살을 맞으며 커피를 마셨습니다. 한겨울 따뜻한 햇볕을 쬐고 있노라면 소크라테스가 아니더라도 파란 하늘과 해맑은 태양에게 고마움을 느끼게 됩니다. 한눈에 들어오는 바다와 바다 건너 샌프란시스코 풍경이 그림 같습니다.

글로리아가 집 자랑을 하고 싶어 하는 것 같아서 슬쩍 운을 떼어 보았습니다.

"독립 기념일 밤에 펼쳐지는 불꽃놀이는 거저 보겠군요."

"아, 그렇고 말고요. 한여름 밤하늘이 온통 불꽃으로 장식되지요. 그날은 오빠네 가족뿐만 아니라 친척들이 몰려와서 바비큐 파티를 크게 벌여야 해요. 그뿐인가요? 가을에 벌어지는 블루 엔젤스 에어쇼도 장관이어요."

자랑거리가 더 있어 보이는 그녀의 눈빛이 행복해 보였습니다.

"집에 앉아서 볼 수 있다는 것을 행운이라고 해야 하나요, 아니면 축복이라고 해야 하나요?"

집 자랑이 극에 달하는 물음이었습니다. 훌륭한 집에 산다는 자체만으로도 이미 눈부신데 거기에다가 자랑의 말까지 첨부하는 글로리아가 너무 부러워서 눈살을 찌푸릴 수밖에 없었습니다. 나는 고개를 갸우뚱할 뿐 말없이 미소만 지어 보여 주었습니다.

여자들은 돈을 사랑합니다. 그리고 돈은 행복이라고 믿고 있습니다. 글로리아가 늘상 끼고 살았던 감기는 감기가 아니었습니다. 소나기 같은 햇살을 받고 나서는 감쪽같이 사라져 버리고 만 것처럼 글로리아가 즐기고 있는 사랑과 축복은 진정한 사랑과 축복이 아닐지도 모릅니다. 사랑 같은 사랑일지도 모르지요.

마치 데이비드 허버트 로렌스의 작품에 등장하는 채털리 부인처럼.

10월의 마지막 밤

거미가 허공을 집고 내려온다
걸으면 걷는 대로 길이 된다
허나 헛발질 다음에야 길을 열어 주는
공중의 길, 아슬아슬하게 늘려간다

박성우 '거미' 중에서

　정원에 있는 키 작은 나뭇가지에 거미줄이 있습니다. 이곳저곳 여러 군데 있습니다. 그냥 걷어 버리기엔 뭔가 아쉬움이 있기에 자세히 살펴보니 거미줄 중앙에 새끼손톱만 한 거미가 웅크리고 앉아 있습니다. 거미줄마다 거미가 한 마리씩 웅크리고 있습니다.
　거미들이 녹색, 갈색, 검은색으로 아름다운 색채를 띠고 있다는 것이 처음 눈에 띄었습니다. 그러나 제아무리 아름다운 옷으로 치장해 봤자 거미는 거미입니다. 거미를 보고 예쁘거나 귀엽다는 생각은 들지 않습니다.

그런데 거미가 생각했던 것보다 훨씬 현명하고 똑똑하더군요.

거미는 사람에게 유익한 육식 동물입니다. 거미가 동물이라고? 이상하게 들릴지 몰라도 거미는 동물과에 속합니다. 다리가 6개면 곤충과에 들 터인데 어쩌다가 8개나 되는 바람에 동물이 되고 말았습니다. 동물인 거미는 파리나 모기 같은 해충을 잡아먹고 삽니다. 사람이나 동물에 기생해서 삶을 영유하지도 않고 병균을 옮기지도 않습니다. 세상에는 대략 4만 여종의 거미가 존재한다고 합니다. 대부분 다 사람에게 이로운 거미이고 해를 끼치는 거미는 몇 종에 불과합니다.

거미는 태어나면서 이미 거미줄을 칠 줄 압니다. 누가 가르쳐 준 것도 아닌데 선천적으로 거미줄을 쳐야 할 장소와 방향도 다 알고 있습니다. 거미줄의 설계와 건설, 그리고 수리까지 다 알고 있습니다. 크기와 줄, 줄의 간격, 정확한 규격뿐만 아니라 정밀하고 단단하게 엮어 웬만한 바람이나 진동에도 끄떡없게 그물을 쳐 놓습니다.

거미가 뽑아내는 실이라고 해서 다 같은 실이 아닙니다. 방사 실은 중앙에서 뻗어 나가 그물을 고정시켜 주는 서까래 같은 역할을 합니다. 또 방사 실과 방사 실을 가로지르는 가로 실이 있습니다. 끈적끈적한 기능이 있는 가로 실에 먹잇감이 걸리면 달라붙어서 도저히 달아날 수가 없게 됩니다. 방사 실은 끈적끈적한 기능이 없어서 거미는 방사 실을 밟고 이동합니다. 가로 실을 밟을 때는 미끈미끈한 진액이 발톱 사이에서 분비되어 달라붙지 않게 합니다.

거미의 행동은 과학적이어서 감탄스러울 지경입니다. 잘 쳐 놓은 거미 망은 미학적인 면에서 하나의 예술품과 같아 보입니다. 선입견을 버리고 거미줄을 자세히 들여다보면 사람이 흉내 낼 수 없는 미적 감각을 이루고 있습니다. 이른 새벽, 거미줄에 맺힌 이슬에 햇빛이 스치면 영롱한 빛이 보석처럼 반짝입니다.

거미 망도 종류가 다양해서 기능에 따라 다르게 만들어지는데 하나같이 아름답고 예쁘게 꾸며져 있습니다. 그중 '정원 거미(Garden Spider)'는 주로 둥근 그물형 거미줄을 쳐 놓습니다. 날아다니는 곤충을 잡기 위한 그물이지요. 풀숲에 쳐 놓은 고깔 모양의 거미 망이 있는가 하면 방 천장 구석에 얼기설기 쳐 놓은 거미줄도 있습니다.

나는 가끔 동산에 올라 풀숲을 헤매다가 거미 망을 발견하곤 합니다. 견고하게 잘 만들어진 거미 망을 볼 때마다 그 아름다움에 넋을 잃고는 합니다. 때로는 꽃보다 예쁘고 사람의 집보다 아름답다는 생각이 들기도 합니다. 거미의 지능과 능력은 신비에 가까우리만치 경탄을 금할 길 없습니다. 미물에게도 미를 창출해 낼 수 있는 능력과 감각을 부여해 주시는 조물주의 세심한 배려에 머리를 조아리지 않을 수 없습니다.

거미는 한 번에 1천여 개의 알을 낳는다고 합니다. 일 년이면 두세 번 알을 낳는데 새끼들의 생존율은 100:1로 매우 희박합니다. 알이 부화하기까지 10일에서 20일 정도 걸리며 여러 번 껍질을 벗어야 합니다. 길게는 2년을 사는 예도 있습니다. 예로부터 무섭고 음산한 장면을 연출할 때 거미줄을 쳐 놓습니다. 거미줄이 많이 있을수록 음침하고 귀신이 나올 것 같은 기분이 듭니다. 그래서 그런지는 몰라도 우리는 거미줄만 보면 걷어내 버립니다. 빗자루로 쓸어 내거나 하여 없애 버려야 하는 게 거미줄입니다.

거미는 주로 저녁나절을 주 작업 시간대로 잡고 일을 합니다. 일차적으로 파리를 잡아 거미줄로 꽁꽁 묶어 놓은 다음 운반하지 않고 그 자리에서 다른 먹잇감이 걸리기를 기다리고 있습니다. 잘 잡히는 시간대를 알고 행동하는 것이지요. 그뿐만 아니라 한 번 친 거미줄로 이모작을 하겠다는 계산도 깔려 있습니다.

미물에게 이런 지혜까지 베푸신 조물주의 섭리를 어찌 인간이 가늠이나 할 수 있겠어요. 다시 한 번 놀라지 않을 수 없습니다.

거미는 해충이나 곤충을 잡아먹고 살지만 반면에 뒤에서 거미를 노리는 적도 있습니다. 도마뱀, 개구리, 야생 조류, 뱀 등은 거미를 즐겨 먹습니다.

그러나 거미는 똑똑해서 새들이 먹잇감을 찾아 헤매는 아침이나 낮에는 숨어서 지내다가 오후 해가 넘어갈 무렵에 나옵니다. 새들이 숲으로 들어가고 도마뱀이나 개구리들도 먹을 만큼 먹어 더 이상 먹잇감을 탐내지 않는 시간대에 행동을 개시하는 것입니다.

슬며시 거미줄 중앙에 나와 진을 치고 있다가 곤충이 걸려들면 잽싸게 덤벼들어 꼼짝 못하게 거미줄로 둘둘 말아 둡니다. 자연의 질서를 존중하여 곤충이나 해충의 수를 조율하는 역할을 하고 있습니다.

거미는 머리, 가슴, 배 세 부분으로 구분되어 있습니다. 다리가 8개여서 곤충과에 속하지 않고 동물과에 속한다고 이미 말했지만 눈도 8개나 된다는 사실은 잊고 있었네요. 수컷은 암컷보다 몸집이 작습니다. 암거미는 때때로 수거미를 잡아먹습니다. 그래도 수거미는 죽을 각오를 하고 구애합니다. 너무 적극적으로 구애하다가는 잡아먹히는 수도 있고, 교미 후에도 즉각 피하지 않으면 암컷에게 잡아먹힙니다.

거미는 조용히 자신이 해야 할 일을 하고 있을 뿐인데 사람들은 잘 알지도 못하면서 고정관념에 사로잡혀 무조건 거미를 싫어합니다. 징그럽고 싫어하는 거미도 자세히 알고 보면 사랑스러운 동물임을 알 수 있습니다.

10월의 마지막 밤이 미국에서는 핼러윈(Halloween)입니다. 핼러윈은 아이들이 무섭게 분장하고 이웃집에 가서 "Trick or Treat!"을 외치며 초콜릿을 받아내는 밤의 축제입니다. 무섭게 꾸미려면 거미와 거미줄이 필수로 등장합니다.

핼러윈과 거미, 거미줄은 불가건의 관계에 있기에 당연히 상품화되어 시장에 팔립니다. 미국인들은 유머를 즐기는 편이어서 거미를 상품화시키면서도 유머러스하게 꾸며 놓았습니다. 해학 어린 거미로 만들어 사람들로부터 사랑받을 수 있게 재탄생시킵니다. 거미라고 해서 지레 겁먹지 않게끔 친근감이 넘치는 사랑스러운 거미로 등장시켜놓는 것이지요. 생쥐가 귀염둥이 미키 마우스로 재탄생했듯이 말입니다. 달콤한 것만이 맛이 아니라 쓴 것도 맛인 것처럼 거미도 예쁘게 그려 아이들에게 귀여움 받는 거미로 거듭나게 됩니다.

거미는 거미 그대로인데 내 생각을 바꾸면 사랑받는 거미로 탈바꿈할 수도 있음을 알겠더군요.

왜 미국인들은 한국보다 일본에 대해서
더 호의적인가

미국인들은 영국인 앞에 서면 왠지 작아집니다. 미국인들이 미처 갖추지 못한 무엇인가를 영국인들이 가지고 있기 때문입니다. 그뿐만 아니라 미국인들은 대체로 유럽 국가들에 대해서 호의적입니다.

아시아에서는 일본 한 나라에 대해서만 호의적입니다. 요즈음 한국에 대해서도 호의를 보이기는 하지만 아직도 일본에 비하면 미미한 수준입니다.

미국인들은 왜 일본에 대해서 호의적일까요?

미국인 가정을 들러 보면 일본 문화 상품이 한두 점 있는 것을 흔히 볼 수 있습니다. 기모노를 입은 여자 인형이라든가, 모사품이지만 일본 고화, 일본 가구, 심지어 일본 사무라이 칼이라든가 투구까지 진열해 놓은 집도 있습니다. 미국인들이 일본을 얼마나 좋아하는지 알 수 있는 대목입니다. 거기에 비해서 한국 문화 상품으로 장식해 놓은 가정은 지금까지 한 번도 본 일이 없습니다.

미국인들은 왜 일본을 좋아할까요?

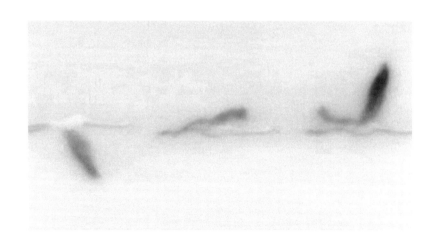

　오래전에 일본, 한국, 대만에서 일주일씩 묵어 가며 여행했던 경험이 있습니다. 도쿄에서 고베까지 신칸센 고속 열차를 타고 가는데 나고야를 지날 때 창밖으로 6층 정도의 아파트들이 줄지어 있었습니다. 아파트 베란다에 하나같이 이불을 내다 널어 햇볕을 쬐고 있는 게 인상적이었습니다(독일 주부들도 아침이면 이불을 햇볕에 내다 널고 심지어 침대 매트리스까지 일광 소독을 합니다. 그러면서 미국 주부들의 게으름을 흉봅니다).

　낮 시간이어서 그런지 신칸센 열차에는 승객이 그리 많지 않았는데 우리 앞에는 젖먹이를 안고 있는 젊은 아낙이 앉았습니다. 가는 도중에 도시락까지 먹어 쓰레기가 많이 나왔습니다. 아낙이 자신의 쓰레기를 모아 가방에 넣고 내리는 것을 보고 문화인답다는 생각이 들었습니다. 대체로 일본은 깨끗하고 질서 있는 나라입니다.

　대만에서는 힐튼 호텔에서 아침 식사를 하고 16인승 관광버스에 올랐습니다. 호텔이 시내 중심가에 있었으니 출발부터가 다운타운입니다. 불과 한 부락을 가자 신호등이 있는 사거리가 나왔고 불이 바뀌기를 기다리게 되었습니다. 드디어 파란불이 켜져서 출발하려는데 우측에서 꼬리를 물고 들어온 차들, 좌측에서 꼬리를 물고 들어온 차들이 사거리를 차지하고 있어서 우리가 타고 있는 버스가 들어설 틈이 없는 겁니다. 파란불이 빨간불로 바뀔 시간이 다 되어 가는데도 아무도 꿈쩍하지 않고 서 있습니다.

버스가 4~5m 정도 전진한 다음 빵! 하고 클랙슨을 울려 대고 저쪽에서 오려는 차들도 클랙슨을 울려 대니 여기저기서 빵빵거립니다. 그러면서 차들끼리 뒤엉키는 기현상이 벌어졌습니다. 그날 중국인들의 무질서를 목격한 게 영원히 지워지지 않고 뇌리에 남아있습니다.

한국은 어떤가요? 위치상으로 일본과 중국 사이에 있듯이 문화적으로도 중간에 속합니다. 중국보다는 질서가 잡혀있으나 일본에는 아직 못 미치는 수준이라고 할 수 있습니다. 중국보다 의식 수준이 낫다고는 하지만 아직 일본만은 못하다고 할 수 있습니다.

미국 인구 중 외국에서 이민 온 1세의 인구가 10%를 차지합니다. 이민자가 많은 미국에서 살다 보면 여러 나라 사람들과 같이 일할 기회가 종종 있습니다. 나라마다 사람들은 각기 그들만의 특성이 따로 있습니다.

미국인들도 그렇지만 내가 가장 같이 일하고 싶은 사람은 일본인과 독일인입니다. 일본인이나 독일인에게 일을 맡겨 놓으면 누가 감시를 하든 말든 맡은바 일에 대해서 성실히 임합니다. 성실을 넘어서 철두철미하게 임합니다. 책임지고 일할 뿐 아니라 정확하게 하고 상식이 통하기 때문에 감독할 필요가 없습니다.

반면에 한국인들은 보는 앞에서는 열심히 잘하는데 보는 사람이 없이 혼자 있게 되면 슬슬 머리를 굴리기 시작합니다. 중국인은 누가 보든지 말든지 하는 척만 했지, 진전이 없습니다. 감독을 하고 독촉도 하고 충분히 설명을 해 줘도 고개만 끄덕일 뿐 별반 나아지지 않습니다.

우리는 선진국을 향해 달리고 있습니다. 어떻게 해서든 우리보다 나은 국가나 개인을 닮아 가려고 애씁니다. 그러다 보니 우리보다 나은 국가나 개인에 대해서는 우호적입니다.

인류 역사 이래 최대 강국으로 세계를 움직이는 미국도 마찬가지로 자국보다 나은 문화를 지닌 나라에는 우호적입니다. 미국이 갖고 있지 못한 그 무엇을 지니고 있는 나라에 연민을 보이는 것입니다. 영국은 물론이거니와 유럽 국가들에 대해 우호적인 건 이런 데서 연유됩니다. 미국이 일본을 선호하고 일본을 좋아하는 것도 이런 까닭입니다.

이웃이 사촌보다 낫다는 말이 있고 사촌이 땅을 사면 배가 아프다는 말도 있습니다. 결국 이웃이 땅을 사도 배가 아픈 것입니다.

한국은 같은 이웃인데도 중국에 대해서는 시기와 질투를 느끼지 않으면서 일본에게는 그렇지 못합니다. 중국을 극복하라는 말은 못 들어 봤어도 일본을 극복해야 한다는 말은 많이 들어 왔습니다. 이것은 일본이 만만하기 때문입니다. 해 볼 만한 상대이기 때문입니다. 일본이 한국을 얕잡아 보듯이 한국도 일본을 얕잡아 보고 있는 것도 사실입니다. 경제적으로는 어림도 없는 말이라고 하겠으나 스포츠 면에서는 오히려 상대가 안 됩니다. 그만큼 눈에 보이는 현실은 거의 막상막하에 도달했습니다.

　그러나 선호도의 평가는 문화에 달려 있습니다. 우리의 고유 문화를 고귀하면서도 세련미가 흐르는 문화로 승화시켜 만인의 사랑을 받을 때, 진실로 일본을 극복하는 게 될 것입니다.

'미션 피크'를 등반하면서

한국은 등산의 나라입니다. 주말에 북한산 초입에 가 보면 등산객이 넘쳐납니다. 화려한 색상의 등산복으로 차려 입고 장비도 구색 맞춰 완전을 기하고 있습니다. 무엇보다 넘쳐나는 활기가 서로를 격려합니다.

오천 년 역사상 지금처럼 야외 활동이 활발한 시대가 있었을까? 한국 도시인의 삶이 아파트 양식 생활이어서 현실에서 탈출해 보고 싶은 욕구가 산으로 향하는 게 아닌가 여겨집니다. 미국에서의 삶은 주로 독립가옥이어서 나무도 있고 잔디밭과 화단도 있기 마련입니다. 주말이면 잔디 깎아 주랴, 화단 가꾸랴, 마당일을 하다 보면 구태여 산에 갈 의욕이 생기지 않습니다. 그래도 한국에서 하던 버릇이 있어서 산을 바라보면 오르고 싶습니다.

3월의 마지막 날 오후, 잠시 짬을 내서 따가운 햇볕을 등에 업고 집을 나섰습니다. 지난 2주 동안 흐리고 비 오는 날만 계속되다가 모처럼 햇살을 만나니 그렇게 좋을 수가 없습니다. 먹다 남은 땅콩 한 줌 비닐봉지에 싸서 배낭에 넣고 생수 한 병 챙겨 들고 걷기 시작했습니다. 봄 날씨가 따뜻하고, 공기도 맑고 신선해서 날아갈 것 같은 게 십 년은 젊어진 기분입니다.

하이킹은 마라톤과 같아서 자신과의 싸움입니다. 앞서거니 뒤서거니 하던 젊은 친구가 벌써 저만치 앞질러 갑니다. 반시간 정도 신나게 걸었을까. 이제는 숨이 차고 힘이 듭니다.

사람들은 왜 땀을 흘리면서 산에 오르는지요? 산이 좋아서? 건강을 위해서?

일찍이 법정 스님이 내리신 고견을 보면 "산에 오르는 것은 자연과의 친화를 실현하는 것이다."라고 했습니다. 살아 숨 쉬는 자연 속에서 숨을 헐떡이며 땀을 흘리는 까닭이 자연과의 친화를 실현하는 중이기 때문임을 알았습니다. 자연과 친해지면서 자연의 숨결에 귀 기울이면 음악보다 더 아름다운 숨소리가 들려옵니다. 바람이 나뭇잎 사이를 비집고 지나가는 소리, 나 스스로 만들어 내는 발걸음 소리, 발자국 소리에 놀라 숲으로 날아가는 산 메뚜기 소리 등 이런 소리는 덤으로 귀를 즐겁게 합니다. 스탠퍼드 에비뉴에서 출발해 '숨겨진 계곡 등산로(Hidden Valley Trail)'를 걸어서 '봉우리 등산로(Peak Trail)'로 접어들었습니다. 시작할 때는 바람 한 점 없는 전형적인 봄 날씨였는데 산 중턱을 넘어서면서부터 바람이 불어옵니다. 이마를 스치는 바람에 기분이 상쾌해집니다.

'미션 피크'는 767m입니다. 같은 높이의 산이라도 한국 산들은 가파르면서도 곧바로 정상에 오르게 되어있는 데 비해서 미국 산들은 차지하는 면적부터 넓어서 산을 꾸불꾸불 돌고 길게 걸어서 올라가

야 합니다. 하이킹은 자신과의 싸움인 줄로만 알았는데 시간과의 싸움이라는 것도 있음을 알게 되었습니다. 느리게 걸으면 늦게 오르더군요. 쉬었다가 걷고를 반복합니다. 오래전에 일본에는 노래 잘 부르게 하는 약이 있다는 기사를 읽은 적이 있는데 산에 잘 오르게 하는 약은 없는지…….

산을 얕잡아 봐서는 안 됩니다. 우습게 보여도 산은 산입니다. 덥석 주저앉아 목을 축이는 빈도가 잦아집니다. 생수를 두 병 가지고 올 걸 후회합니다. 백만 불짜리 바람이 이마를 스쳐 지나갑니다. 산 위에 늪지가 있고 물 고인 늪지에선 개구리 소리가 요란합니다. 꽈리 부는 것 같은 두꺼비 소리도 들립니다. 매인지 솔개인지 얕게 날아가면서 먹잇감을 찾습니다. 정상이 가까워질수록 바람이 거세집니다. 바람은 내 몸체를 날려 버릴 것처럼 덤벼듭니다.

정상에서 바라보면 사방이 탁 트여 있습니다. 남서쪽으로 산호세와 팔로 알토가 보이고 동북쪽으로는 샌 라몬과 디아블로 산이 보입니다. 동쪽으로는 리버모어 푸른 들판이 광활하게 펼쳐져 있습니다. 짙은 녹색으로 물든 초원이 보기에 매우 아름답습니다. 사람을 두려워할 줄 모르는 산새가 코앞에서 알짱댑니다.

산은 많은 사람이 짓밟고 헐뜯어도 묵묵히 받아 줄 뿐 배반하거나 불평하지 않습니다. 산은 정상에 오른 사람들에게 성취감과 자신감을 안겨 줍니다. 산은 오를 때와 내려갈 때 스스로 자신의 역량을 터득하게 해 줍니다. 산은 사람들이 어루만지며 좋아하다가 다 떠나고 홀로 남아도 원망하거나 외로워하지 않습니다. 산은 지치고 나약해진 영혼의 건강마저 회복시켜 줍니다.

봄이 늘 그러하듯이 캘리포니아의 삼월은 생기가 넘쳐흐릅니다. 산야는 온통 녹색으로 물들어 있고 이름 모르는 풀들이 정강이를 넘게 자랐습니다. 머지않아 건기에 접어들면 다 말라 버려야 한다는 사실을 풀들은 너무나 잘 알고 있습니다. 풀들은 짧은 기간 안에 내년에 다시 살아 나올 준비를 마쳐야 합니다. 먼 지역의 풀들이 여름 내내 해내는 일들을 이곳 풀들은 한 달 사이에 다 해치워야 합니다. 건기가 오기 전에 바쁘게 움직여야 합니다. 빨리 자라서 빨리 늙어야 하는 운명이 초원의 녹색을 슬프도록 짙푸르게 만들고 있습니다.

정상에는 앉은뱅이 사각 돌기둥에 '미션 피크 2,517피트'라고 적혀 있습니다. 북서쪽으로 만(灣)을 건너 샌프란시스코가 보이고 그 옆으로 타말파이스 산이 있습니다. 누구라도 정상에서 내려다보는 것을 즐거워합니다. 더 넓게, 더 많이, 더 멀리 볼 수 있어서 그렇겠지요. '몸이 천량이면 눈이 구백 량'이라는 말의 의미가 하나도 틀린 게 없다는 생각이 들 만큼 눈이 즐겁습니다. '미션 피크'의 클라이맥스는

일몰입니다. 샌프란시스코를 중심으로 하늘을 붉게 물들이면서 넘어
가는 해는 금문교에 걸렸나 했더니 쉴 새도 없이 금세 넘어갑니다.
카메라를 찾아 들고 노려볼 틈도 주지 않고 넘어갑니다.

인생도 지기 시작하면 금방입니다. 해가 넘어가듯이 금방입니다.
해가 남기고 간 붉은 노을처럼 사라지면서까지 아름다움을 보여 주
는 태양이 부럽습니다.

그러한 삶을 감히 이룰 수 있다면…….

사랑의 끝

지지난 주 토요일이었어요. 이웃에 사는 랄프 프라임 할아버지 댁을 방문했습니다. 문 앞에서 예쁜 흰색 강아지가 짖고 있었습니다. 보기에 강아지이지, 실제로는 자랄 만큼 다 자란, 종자가 작은 푸들이었습니다.

랄프 할아버지 부부와 이웃으로 같이 살아온 지도 오래됐습니다. 법 없이도 살 수 있는 마음씨 착한 할아버지입니다. 창문 틈새로 비가 샌다고 해서 봐 주러 들렀던 겁니다. 간단하게 고칠 게 아니어서 기술자를 부르라고 조언을 해 주고 나왔습니다.

집을 나오다가 문 옆에 붙어 있는 조그마한 글을 읽어 보는 순간 숨이 막힐 것 같은 아름다움을 보았습니다.

만일 불이 나거나 비상사태가 발생하면 사람만 구해 줄 것이 아니라 개도 같이 구해 주십시오.

얼마나 푸들을 사랑하기에 염려 끝에 심각한 주문까지 하게 되었을까. 푸들이 없는 세상은 나도 살아갈 의미가 없다는 뜻이 담겨 있었습니다.

피뜩 도종환 시인의 '사랑한다는 일은 책임지는 일임을 생각합니다'라는 시구가 떠올랐습니다.

아이들과 함께 꽃씨를 거두며
사랑한다는 일은 책임지는 일임을 생각합니다
사랑한다는 일은 기쁨과 고통, 아름다움과 시듦,
화해로움과 쓸쓸함
그리고 삶과 죽음까지를 책임지는 일이어야 함을 압니다
시드는 꽃밭 그늘에서 아이들과 함께
꽃씨를 거두어 주먹에 쥐며
이제 기나긴 싸움은 시작되었다고 나는 믿고 있습니다

도종환 '꽃씨를 거두며' 중에서

그날 이후 일주일이 넘도록 그 작은 '사인(Sign)'은 나의 화두가 되어 머리에서 떠나지 않았습니다.

랄프 할아버지에게 전화를 걸어 푸들 사진을 찍어도 좋으냐고 물었습니다. 친절한 랄프 할아버지는 이틀 후에 와 주었으면 좋겠다고 했습니다. 내가 랄프 할아버지 댁을 다시 찾았을 때, 푸들은 털을 깎고 새롭게 치장하고 있었습니다. 이틀을 기다리게 한 까닭은 사진을 찍기 위한 푸들의 준비 기간이었던 것입니다.

나중에 알았지만 푸들은 강아지가 아니라 세 살 반이나 되었더군요. 나이와 상관없이 인형처럼 앙증스럽고 이름도 예쁜 '매기'입니다. 순박하고 어눌한 인상이 보호해 주지 않으면 혼자서는 살아갈 수 없을 것 같은 느낌이었습니다.

랄프 할아버지가 이야기하더군요. 매기가 이 집에 즐거움뿐만 아니라 행복까지 가져다준다고. 매기가 있음으로써 우리 집이 환하고 향기로울 수 있다고. 랄프 할아버지는 알레르기 때문에 다른 종류의 개는 기를 수 없고 푸들은 괜찮다고 하더군요. 우리 막내딸도 알레르기가 있어서 개를 기를 수 없습니다.

개가 털갈이할 때 묵은 털과 각질이 몸 밖으로 떨어지는데 바로 그 털과 각질이 알레르기의 원인이라고 합니다.

어떤 종류의 개는 거의 일주일에 한 번 정도 털갈이를 하고 어떤 개는 한 달에 한 번 정도 털갈이를 합니다. 그러나 푸들은 털갈이를 하지 않는다는군요. 푸들은 털이 사람 머리카락 자라듯이 계속 자라기만 해서 머리 깎듯이 털을 깎아 주면 됩니다. 털갈이를 하지 않고 계속 자라기만 하니까 털이 별로 빠지지도 않고 각질도 떨어지지 않는 겁니다. 그래서 알레르기가 있는 사람은 푸들을 기르면 괜찮다고 합니다. 푸들이 좋아서 기르는 줄로만 알았지 알레르기 때문에 기르는 줄 누가 알았겠어요.

랄프 할아버지는 사랑이 듬뿍 담긴 가슴으로 매기를 안고 배웅 나와 주었습니다.

'사랑의 끝은 책임지는 일'임을 몸소 보여 주고 있었습니다.

밤에만 오시는 누님

11월로 접어들면서 해가 일찍 넘어갑니다.

엊그제, 저녁을 먹고 운동을 나갔다가 해가 금세 지는 바람에 어둠을 헤집고 돌아오느라고 낭패를 본 일이 있습니다. 여름 같았으면 해가 서산으로 넘어간 다음에도 한동안은 훤해서 얼마든지 시간을 끌어도 별 탈 없이 돌아오는데 가을이 돼서 그런지 해가 넘어갔다 하면 금방 어두워집니다. 나만 시간 대중을 못 잡나 했더니 다른 사람들도 허둥지둥대는 꼴이 매한가지였습니다.

지난 4년 동안 연이어서 가뭄이 몰아치더니 호수의 물이 반으로 줄었더군요. 낚시하라고 만들어 놓은 '우든데크'가 물에 떠 있어야 정상인데 호수변에 덩그러니 나자빠져 있고 수면은 저만치 밑에 내려가 있습니다. 낚시꾼들도 거의 없었습니다. 어두워지면서 가오리들은 잠잘 자리로 찾아들고, 야생 오리들도 물가에 앉아 머리를 자라목처럼 움츠리고 있었습니다.

온종일 열심히 밝혀 주던 태양이 지친 몸을 이끌고 서산으로 넘어가고, 아직은 자투리 빛이 남아 빨리 돌아가라고 재촉하는 늦은 저녁입니다. 가벼운 가을바람에 취해 흔들거리는 갈대 숲 사이로 경사진 길을 따라 낚시터가 있는 물가로 내려가 보았습니다. 어둠이 찾아드는 고요한 호수에 비친 반달이 물결 따라 흔들립니다.

반달은 작년에 돌아가신 누님처럼 웃고 있었습니다. 나는 누님에게서 너무나 많은 사랑을 받으며 자랐습니다. 늙어 가면서까지 누님의 사랑은 그칠 줄 몰랐습니다.

우리 집 뒷마당 2층 추녀에는 누님이 남겨 놓은 요경이 매달려 있습니다. 오늘처럼 달이 떠 있는 밤이면 베란다에 나가 요경 소리를 들으며 달구경을 합니다. 요경이 잔잔한 바람결에 흔들릴 때마다 가냘픈 음률을 만들어 냅니다. 요경은 각기 다른 길이의 네 가닥 굵은 파이프가 있고 가운데 추가 바람에 날리면 서로 다른 소리를 모아 아름다운 화음을 이룹니다. 귀를 기울여야 들리는 갓난아기 울음처럼 여리고 가냘픈 소리가 마음을 흔듭니다. 어두운 밤하늘에 울려 퍼지는 음향이 마치 새소리 같기도 하고, 실리콘 연주 소리 같기도 하고, 누님의 목소리 같기도 합니다.

나는 달이 떠 있는 밤에 베란다에 나가 요경 소리 듣는 걸 좋아합니다. 오늘 밤처럼 반달이 호수에 떠서 누님처럼 웃고 있는 모습을 보는 것도 좋아합니다. 쓸쓸한 적막이 감도는 호숫가에서 지난밤 꿈에 보았던 누님을 떠올려 봅니다.

왜 밤에만 오시나요

엘이디빛 달이
하늘에 하나, 호수에 하나
마주 보고 웃고 있네
물결 흔들리는 대로 웃고 있네

꿈속의 누님은

호수의 달처럼

하늘의 달처럼

잡으려 해도 잡히지 않고

물어봐도 말하지 않고

웃고만 있네

알 수 없는 열병치레에

꿀물 타 주시던 누님

벙어리장갑 떠서

목에 걸어 주시던 누님

그 모습 그대로 호수에 누워

흔들리는 반달처럼 웃고만 있네

그리운 누님

왜 밤에만 오시나요

가을바람에 가랑잎 서로 비벼대는 소리 들려오는 밤, 하늘의 반달은 어느 때보다 선명하고 물 위의 반달 역시 또렷이 웃고 있습니다. 물가에는 젊은이 혼자서 낚시를 즐깁니다. 멀리서 보았는데 커다란 송어를 막 잡아 올리더군요. 송어 구경도 할 겸 다가가 보았습니다.

의아하게도 잡은 고기를 담아두는 망태가 없습니다. 잡은 고기는 없느냐고 물었습니다. 젊은이는 미소를 지으며 고개를 가로저어 보입니다. 조금 전에 잡는 걸 봤는데 이상하다는 생각이 들었습니다.

그러는 사이에 또 한 마리 건져 올립니다. 아주 팔뚝만 한 송어였습니다. 옆에서 보고 있는 내가 다 짜릿해 옵니다. 잡자마자 곧바로 풀어 놓아줍니다. 그러다가 금세 또 걸려들었습니다. 낚싯줄을 팽팽하게 잡아당겼으나 다 끌려 와서 놓쳐 버렸습니다. 아주 큰 고기인데 놓쳤다고 아쉬워하더군요. 잡으면 놔주면서 아쉬워하기는 나와 매한가지였습니다. 그리고 금방 또 잡았다가 놓아주기를 반복합니다. 자그마치 팔뚝만 한 송어를 말입니다. 아깝다는 생각이 들어서 그냥 놔주는 거냐고 물었습니다. 고개만 끄덕입니다. 몇 마리나 놔줬느냐고 물었습니다. 서른 마리는 더 될 거라고 합니다.

젊은이는 낚시 기술이 대단해 보였습니다. 남들은 온종일 낚싯줄을 담그고 있어도 한두 마리 잡을까 말까 한 것을 이 친구는 한자리에서 서른 마리를 잡아 치우다니. 과연 낚시에 도가 텄구나 하는 생각이 들었습니다. 젊은이 말로는 어둑어둑해질 무렵에 잘 문다고 했습니다. 물고기들도 저녁을 든든히 먹고 잠자리에 들려는 모양입니다.

어리석은 나는 낚시는 물고기를 잡기 위한 행위로만 알고 있었습니다. 그냥 놓아주기에는 너무도 아깝다는 생각에 두어 마리 달라고 해 볼까 하는 욕심이 생겼습니다. 팔뚝만 한 송어를 프라이팬에 기름 치고 튀겨 먹으면 얼마나 맛있는데 하는 생각이 머리를 스칩니다. 낚시에 몰두하고 있는 젊은이 뒷모습에다 대고 말할까 말까 망설였습니다. 기회를 보다가 한번 부탁해 봐도 괜찮을 것 같았습니다. 얼굴을 마주 봐야 말을 걸 텐데. 시간은 흐르는데 젊은이는 뒤돌아보려 하지 않고, 나의 존재를 의식하고 있는 것 같지도 않았습니다. 양궁 선수가 표적을 향해 집중하듯이 그렇게 낚싯줄만 노려보고 있었습니다.

낚싯줄이 내려진 물 위에 반달이 떠 있습니다. 반달은 살아생전 누님처럼 웃으며 고개를 흔들어 보입니다. 거절당하고 무안해할까 봐 잊고 있던 기억을 되살려 줍니다.

최종훈 교수님의 '망설임의 법칙'이 떠올랐습니다.

갈까 말까 할 때는 가십시오.
살까 말까 할 때는 사지 마십시오.
말할까 말까 할 때는 하지 마십시오.
그리고 줄까 말까 할 때는 주십시오.
마지막으로 먹을까 말까 할 때는 먹지 마세요.

말 안 하기를 잘했다는 생각이 들었습니다. 그에게 낚시는 그냥 낚시가 아니라 스포츠라는 것을 깨닫게 되었습니다. 그는 잡았다가 놔주는 진정한 프로 정신의 낚시꾼이었습니다.

낚시를 스포츠로 즐기기만 할 뿐 고귀한 생명의 존엄성과 자연을 훼손하지 않는 젊은이를 보면서 남들과는 조금 다르다고 생각했습니다.

이제 겨우 능선을 넘었구나

겨울 날씨가 차가워도 일산 오피스텔에 있으면 공간이 작아 아늑하고 따뜻해서 좋습니다.

시차증(Jet Lag)으로 초저녁부터 졸음이 쏟아집니다. 한참 잔 것 같은데 깨고 보면 한밤중입니다. 그냥 누워서 자는 둥 마는 둥 뒤척입니다. 문자 메시지가 왔다고 경음이 울려서 열어 보니 미국에 있는 막내딸한테서 온 문자입니다.

"아빠, 12월 15일이 아빠 결혼 40주년 기념일이에요. 엄마한테 무언가 선물해야 하는 거 아닌가요? 40주년 기념에는 루비 반지여야 해요."

결혼기념일이 들어 있는 12월로 접어들면서 어떻게 해야 할지 망설이고 있었는데 딸아이가 꼭 짚어 줘서 홀가분합니다. 결혼 생활에서 가장 중요한 과제 중 하나가 결혼한 날짜를 기억해야 하는 일입니다. 결혼기념일에는 자축하는 의미로 근사한 레스토랑에 가서 멋진 디너를 먹는 게 보통이지만 때로는 디너 대신 꽃을 선물하면서 넘길 수도 있습니다.

그러나 아귀가 맞아떨어지는 해 중에서 특별히 지켜야 할 결혼기념일도 있습니다. 25주년 은혼식(Silver), 40주년 홍옥혼식(Ruby), 50주년 금혼식(Gold), 60주년 금강혼식(Diamond)은 의미가 커서 각별히 신경을 써야 하기에 은근히 고민하던 참이었습니다.

미국 집으로 돌아오기 전날 저녁에 시간을 내서 보석상들이 몰려 있는 종로3가로 향했습니다. 밤공기가 차가워도 거리에는 사람들이 넘쳐났습니다. 샌프란시스코 거리에서는 찾아볼 수 없는 군중의 대이동입니다.

보석상들이 지나칠 만큼 전등을 환하게 밝혀서 상점 안이 대낮보다 더 잘 들여다보였습니다. 매장은 넓고 크지만 손님은 하나도 없는 보석상 문을 열고 들어서자 점원들이 나만 쳐다보는 것 같았습니다. 이럴 때는 어떻게 해야 하는지 망설여집니다. 경험이 풍부해 보이는 점원이 내게로 다가와 인사를 건넵니다. 조금은 마음이 편안해지는 것 같았습니다.

보석들은 모두 진열장 안에 갇혀 있습니다. 어디서나 상품들은 드러내 놓고 만져 보고 두들겨 봐도 전혀 개의치 않는데 유독 보석만큼은 유리 상자 안에 좌리를 틀고 앉아서 주인의 손길만 허락합니다.

"결혼 40주년에는 무슨 반지가 좋습니까?"

잠시 망설이던 점원이 책상 밑에서 보석 가이드북을 꺼내 펼쳐 봅니다.

"책에도 안 나와 있네요."

점원의 대답이 실망스럽습니다. 한국에서는 결혼 40주년은 기념하지 않나 하는 생각도 들었습니다.

"루비 반지가 있나요?"

점원은 말없이 진열장 문을 열더니 빨간 보석이 박힌 반지를 꺼내 보여 줍니다.

"사파이어는 많아도 루비는 이것 하나뿐이네요."

사진으로만 보았던 보석 루비를 난생처음 대면했습니다. 빨간 루비를 중심에 놓고 자디잔 다이아몬드들이 에워싸고 있는 작은 반지였습니다.

새끼손가락에 껴 보았습니다. 반쯤 들어가다가 맙니다.

"작을 것 같은데요."

"이게 한국 여자들 기본 사이즈입니다."

그래도 작을 것 같았지만 하나밖에 없다기에 어쩔 수 없이 받아들었습니다.

결혼하던 그해 12월은 겨울답지 않게 포근했습니다. 날씨와는 상

관없이 길가에는 크리스마스 장식들이 여기저기 눈에 띕니다. 사람들은 바쁜 걸음으로 크리스마스 선물을 사러 다닙니다. 모두 마음이 들떠 있는 12월, 우리도 바빴습니다.

결혼 준비에 시간이 모자를 지경이었습니다. 신부 드레스는 너무 비싸서 친구의 것을 빌리기로 했습니다. 신부 들러리들의 드레스도 빌렸습니다. 신랑인 나는 들러리들과 함께 턱시도 예약도 해야 했고, 목사님도 만나야 했고, 사진사에 청첩장까지 준비가 많았습니다.

무엇보다 특이했던 것은 카운티에 건강 검진 결과를 제출해야만 했던 것입니다. 캘리포니아의 법 중 결혼 전에 반드시 성병 검사를 받아 제출해야 한다는 것은 우리를 당황하게 했습니다. 그러나 생각해 보면 좋은 의미의 법입니다.

마지막으로 결혼식 바로 전날 밤에 리허설을 했습니다. 결혼식을 하기 위해서는 리허설을 해야 한다는 것도 그날 처음 알았습니다. 리허설 후에는 차이나타운에 있는 '연경'이라는 중국 식당에서 늦은 저녁을 먹었습니다. 모든 것은 처음 경험해 보는 일들이었고, 또 처음 경험하는 일이어서 아름다웠습니다.

우리는 가난하게 시작했습니다. 결혼식 날 아침에 새신랑인 나는 뒤통수에 거울을 대고 혼자서 셀프로 머리를 깎았습니다. 신부 역시 미장원에도 못 가고 혼자서 머리를 말고 손질을 해야만 했습니다. 비록 빌려서 입었지만 하얀 드레스에 부케를 들고 있는 신부의 모습은 아름다웠습니다. 나는 영화에서나 보았던 턱시도를 입고 샌프란시스코 감리 교회에서 결혼식을 올렸습니다.

내 직장과 아내의 직장 동료들이 하객으로 참석했습니다. 예식을 마친 뒤 사교실에서 피로연이 열렸습니다. 짓궂은 친지들이 새신랑의 발을 매달고 발바닥을 치는 바람에 신부가 나와서 빌고 음식을 권하며 한바탕 소동을 피웠습니다. 짧은 신혼여행에서 돌아와 첫 출근하던 날, 미국인 동료며 보스가 왜 발바닥을 때리는지 무척이나 궁금해 했습니다.

그러나 나 역시 (그런 풍습이 있다는 건 알고 있었지만) 어떤 의미를 지니고 있는지 몰랐습니다. 그저 한국의 전통 풍습이라고 말해 주던 영상이 머리를 스치고 지나갑니다.

결혼한 지 벌써 40년, 끔찍하게 긴 세월 같지만 지나고 보니 불과 반나절처럼 느껴집니다.

우리가 만난 건 결혼하기 2년 전이었습니다.

밤늦게까지 클럽에서 버스 보이(Bus boy) 일을 하고, 낮에는 영어 연수 학교에 다닐 때였습니다. 알고 지내는 사람도 없고 친구도 없어서 터놓고 말할 사람이 있었으면 했습니다. 누구보다도 정서적으로 외로움을 더 많이 타는 나로서는 밤에 잠도 안 와 한국에 두고 온 친구들이 그리워 죽을 지경이었습니다.

향수병이라는 게 있다는 걸 처음 알았습니다. 향수병으로 그리움에 시달리고 외로움에 지쳐서 반은 혼이 나가 버린 것 같은 상태입니다. 시간만 나면 고국에 있는 친구들에게 편지 쓰는 게 유일한 낙이었습니다. 클래스에 한국인은 나 혼자였으니 외로움이 얼마나 절절했겠어요.

하루는 잰슨 선생님이 조용히 나를 불러 한국 여학생 한 명이 올

거라고 귀띔을 해 주었습니다. 반가운 소식에 설레기도 하고 기분이 들떠서 책을 읽어도 읽는 둥 마는 둥 했습니다. 그리고 며칠 후, 오전 수업이 막 끝났는데 뒷문으로 미세스 올슨 선생님이 여학생과 이야기를 나누면서 학업 투어를 하는 모습이 보였습니다.

나는 직감적으로 한국 학생이라는 걸 알 수 있었습니다.

왼팔에는 버버리 코트를 접어서 들고 얌전히 서 있는 모습이 엊그제 한국에서 막 도착한 학생임을 짐작하게 했습니다. 옛날이나 지금이나 한국인과 미국인들은 옷 입는 스타일이 다릅니다. 미국인들은 캐주얼하면서 자유분방하게 입지만 한국인들은 깨끗한 정장 차림에서 벗어나기를 꺼리는 습성이 있습니다.

나는 속으로 이게 웬 떡이냐 싶었습니다. 정말 하느님이 보우하사 우리나라 만세였습니다.

처음부터 내가 보호해 줘야 할 여자라는 생각도 들었습니다. 미국에서는 자동차가 없으면 데이트도 할 수 없는데 다행히도 나는 차가 있어서 접근하기가 수월했습니다. 우리는 만나자마자 말을 터놓고 지냈습니다. 누가 먼저라고 할 것도 없이 자연스럽게 그렇게 됐습니다.

시간이 흐르면서 우리는 서울에서 같은 초등학교를 나왔다는 것도 알게 되었습니다. 같은 동네에서 유년 시절을 보내서 그런지 가치관이 비슷했고, 만난 그날부터 대화가 술술 잘 통했습니다. 일이 없는 금요일 밤이면 활주로가 내려다보이는 바닷가 언덕에 차를 세워 놓고 비행기가 뜨고 내리는 광경을 보면서 먼동이 틀 때까지 이야기꽃을 피우기도 했습니다.

무슨 할 이야기가 그렇게도 많았는지 천 년 동안 밀렸던 이야기를 다 털어 놓는 것 같았습니다. 일찍 헤어진 날은 다시 전화를 걸어 밤새도록 이야기를 했습니다. 어떤 때는 할 말이 없어서 그냥 수화기를 들고 숨소리만 듣고 있기도 했습니다.

　피차 동정하는 건 아니었으나 운명의 울림 같은 걸 감지하면서 내 몸에 이상한 바람이 들었다는 걸 알아차렸습니다.

　우리는 그렇게 시작했습니다.

　아내는 내가 결혼 40주년 디너를 염두에 두고 있는 것도, 루비 반지를 준비한 것도 모르고 있습니다. 이벤트는 극적이어야 그 가치가 빛나기 때문입니다. 말없이 준비하면서 마음 한구석으로는 걱정이 가시지 않았습니다. 아내가 부엌일을 하느라고 싱크대 위에 빼놓은 반지를 몰래 새끼손가락에 껴 보았습니다. 끝까지 다 들어가더군요. 준비해 온 반지는 반밖에 안 들어가서 작을 게 분명했습니다.

　디너는 산호세에 있는 레스토랑에 예약해 놨습니다. 아내는 손자들과 며느리, 그리고 딸이 앉아 있는 테이블 저편에 앉고 나는 사위와 아들이 있는 쪽에 자리 잡았습니다. 디너가 나오기 전에 예쁘고 앙증스럽게 포장된 작은 선물을 아내에게 건네주었습니다.

　아내는 생각지도 못했던 선물에 반신반의하면서 풀어 보려고 하지도 않았습니다. 지켜보고 있던 딸의 성화에 못 이겨 겨우 박스를 열어 보고 뜻밖의 루비 반지에 놀라면서 조금은 당황해하는 표정이었습니다. 맞지 않을지도 모른다는 나의 걱정스러운 눈길은 아랑곳없이 아내와 며느리와 딸이 한바탕 떠드는 소리가 들립니다. 안 맞는다는 말이 나올까 봐 두려워 지그시 눈을 감아 버렸습니다.

뜻밖에도 "꼭 맞는다."라는 음성이 어찌나 반갑고 고마운지 십 년 묵은 체증이 싹 가시는 것 같았습니다.

지난 40년은 꿈같이 지나가 버렸습니다. 그리고 지금도 꿈을 꾸고 있는 것 같은 기분입니다. 인생의 쓴맛과 단맛을 다 보면서 애증과 애환, 희망과 허망, 행복과 평화 같은 것들이 내가 고대하지 않아도 물 흐르듯 다가왔다 가 버리고는 했습니다. 돌이켜 보면 지나온 세월은 다 아름다웠습니다. 과거는 길고 미래는 얼마 남지 않아서 떠오르는 건 모두 추억뿐입니다.

딸이 지역 신문을 꺼내 보여 줍니다. 우리 아이들의 고향이고 동시에 우리의 고향이기도 한 카스트로 밸리에 사는 노부부의 이야기가 머리기사로 실려 있습니다.

결혼 70주년을 축하하는 파티가 있었다는 기사입니다.

'폴린'과 '제리 비에라' 두 사람은 청소년 시절 교회에서 만났다. 2차 세계 대전이 발발하자 제리는 해군에 입대해 남태평양에서 복무했고, 폴린은 버클리 대학에 입학했다. 폴린은 졸업 후에 고향인 카스트로 밸리 고등학교에서 교편을 잡았고, 제리가 휴가를 얻어 잠시 돌아온 1945년 두 사람은 결혼했다. 그리고 평생을 카스트로 밸리에서 살아왔다. 슬하에 자식을 3명 두었고 손자가 10명에 증손자가 5명이 있다.

결혼 70주년 기념 파티 기사 마지막 코멘트에 '노부부는 결혼은 이런 것이라는 전형적인 예를 보여 주었다.'고 쓰여 있습니다. 신문 기사를 읽고 우리 부부는 서로 놀라운 표정으로 마주 보았습니다. 우리 딴엔 아주 멀리 온 줄 알고 있었는데, 그래서 얼마 남지 않은 줄 알았는데, 아직도 갈 길이 많이 남았다는 걸 깨닫게 되었습니다.

이제 겨우 능선을 넘었구나 하는 생각이 들었습니다.

염소를 위한 비아그라

캘리포니아는 겨울철 우기를 빼고는 비가 안 내립니다. 4월이 지나면 들과 야산의 잡초들은 누렇게 말라 버려 산불 위험이 극도에 달합니다. 담배꽁초라도 떨어지면 금세 산불로 번질 것 같아 위험해 보입니다.

이때가 되면 공원에서는 산불 예방 차원에서 염소 목장 주인에게 방목을 부탁합니다. 염소들은 식성이 좋아서 닥치는 대로 다 뜯어 먹습니다. 마른 풀도 가시덩굴도 다 먹어 치웁니다. 하지만 염소들도 생생하게 살아 있는 푸른 잎을 가장 좋아합니다.

오후 운동 길에 나섰다가 염소 방목 현장을 보았습니다. 방목이라고 해도 염소들이 도망 못 가게 망을 쳐 놓고 풀어 놓았습니다. 풀을 다 뜯어 먹었다 싶으면 망을 다음 장소로 옮깁니다. 떼 지어서 열심히 풀을 뜯어 먹고 있는 염소들의 행동이 흥미로워 보였습니다. 염소는 인간에게 매우 유익한 동물입니다. 우유도 주고, 고기도 주고, 가죽도 줍니다. 염소는 버릴 게 하나도 없습니다.

염소가 커피를 발견했다는데, 그것이 사실인지는 모르겠으나 염소의 잡식성으로 봐서 그럴 수도 있다고 봅니다. 지친 염소가 빨간 커피 열매를 먹은 뒤 활기를 되찾는 것을 보고 목동들도 커피 열매를 먹었다고 합니다. 커피에는 각성 효과가 있어서 정신을 맑게 해 준다고 합니다.

영어를 잘 못하는 멕시칸 염소 목동에게 말을 걸었으나 진지한 대답은 기대할 수 없었습니다. 500여 마리를 방목하는데 목동 한 사람과 개 한 마리뿐이었습니다.

'도밍고'라고 부르는 개는 참으로 영리해서 목동의 휘파람 소리를 듣고 염소 떼를 이리 몰고 저리 몰고 합니다. 목동과 멀리 떨어져 있으면서도 염소들의 이탈을 바로 잡아 주면서 긴장을 놓지 않더군요.

500여 마리 염소들이 풀을 뜯고 있는데도 그렇게 조용할 수가 없습니다. 들고 뛰는 염소가 한 마리도 없고, 소리를 지르는 염소도 없습니다. 모두 열심히 그리고 조용히 풀을 뜯고 있을 뿐입니다. 염소는 '음매'하고 우는 줄 알았는데 그렇지도 않았습니다. 한 번도 우는 소리를 듣지 못했습니다.

염소의 눈은 동공의 초점이 동그랗지가 않고 옆으로 째진 직사각형입니다. 소, 사슴, 말, 양처럼 안구의 색깔이 진한 동물들은 동공도 동그랗지만 안구가 흐린 색인 염소는 직사각형으로 째진 동공을 보유함으로써 더 잘 볼 수 있습니다. 주변 인지력을 높이기 위해서 발달한 동공입니다. 고개 숙여 풀을 뜯어 먹으면서도 항시 주변을 경계해야 하는 안타까운 운명 때문입니다.

염소는 개나 소, 말처럼 인간과 삶을 함께해 온 동물입니다. 성질이 온순하고 친숙할 뿐만 아니라 말을 잘 듣습니다. 거친 환경이나 혹독한 추위에도 잘 견뎌냅니다. 식성도 좋고 질병에도 강합니다. 소처럼 위가 네 개나 있습니다. 다시 씹고 다시 씹기를 거듭하는 거지요. 뿔도 있습니다. 암컷, 수컷 다 있습니다. 수컷은 턱에 수염이 있고 모양새가 멋집니다. 멋진 데는 다 이유가 있습니다. 암컷이 보고 반할 정도는 되어야 하기 때문입니다.

암컷을 차지하기 위해서 피나는 싸움을 거쳐 승자가 되어야 합니다. 승자 독식의 세계입니다. 그러나 방목하는 염소는 그렇지는 않습니다. 싸우는 시늉만 할 뿐입니다.

유사한 동물인 양은 꼬리가 밑으로 처져 있는 데 반해서 염소는 꼬리가 짧고 위로 솟아 있습니다.

염소 수컷은 다른 동물처럼 발정기가 따로 있는 게 아니라서 인간처럼 언제나 교배할 수 있습니다. 수컷의 정력이 충만할 때는 입술을 꼬면서 앞다리 쪽으로 오줌 줄기가 뻗어 나갑니다. 또 뿔이 솟은 이마에서 지방 분비물이 나오면서 지독한 냄새를 풍겨 암컷을 매혹시킵니다.

암컷은 생후 6개월이면 성숙하지만 보통 일 년이 되면 짝짓기를 합니다. 21일을 주기로 발정하는데 발정을 시작하면 24~48시간 동안 증상이 계속됩니다. 발정기에 꼬리를 위로 바짝 추켜올리고 수컷 주변에서 알짱거립니다.

발정기에는 울음소리를 더 자주, 더 높은 소리로 냅니다. 식욕이 떨어지고 우유도 덜 나옵니다. 임신 후 5개월이면 분만하는데 보통 한 마리를 낳습니다. 그러나 때로는 쌍둥이도 낳고 세쌍둥이를 낳을 때도 있습니다. 염소는 자기 새끼가 아니면 절대 젖을 주지 않고 뿔로 받아 쫓아 버립니다. 수컷은 제 새끼가 누군지 알지도 못합니다.

염소의 세계도 나름의 성 문화가 발달했습니다. 인간에게 비아그라가 있듯이 염소에게는 특수 스프레이가 있습니다. 수컷 이마에 특수 스프레이를 뿌려 주면 염소는 본의 아니게 지독한 수컷 냄새를 풍기게 됩니다. 마치 인간이 비아그라를 복용한 것처럼 말입니다. 진실을 알지 못하는 암컷은 속아 넘어가서 수컷에게 다가옵니다. 생물 세계의 질서를 허물고 깨트리는 과학이 과연 올바른 행위인가 생각해 볼 일입니다.

아름다운 '페기스 코브'를 찾아서

캐나다 북동부 대서양 연안에 '페기스 코브(Peggy's Cove)'라는 포구보다도 작은 어촌이 있습니다. '바닷가' 하면 모래가 깔린 넓은 백사장 아니면 자갈이 깔렸거나 바다와 맞닿은 낭떠러지를 연상하는 게 일반적입니다. 그러나 페기스 코브는 마당처럼 넓적한 화강암으로 드넓은 해변을 채웠으니 특이하지 않아요?

페기스 코브는 자연적으로 형성된, 그래서 지질학적으로 매우 경이로운 곳입니다. 대략 2만 년 전에 캐나다 대륙에서 빙하가 녹아내려 페기스 코브의 흙을 다 쓸어 버렸고 화강암도 깎여 나가 평평하게 되었습니다. 거기에다가 거대한 화강암들은 세월이 흐르면서 비바람에 씻겨 거의 반들반들합니다.

평평하고 넓적한 바위들로 이어져 있고, 바위와 바위 틈 사이로 녹색 풀이 자라나 자연스럽게 아름다운 정원을 연상시켜 줍니다. 척박한 지역이라서 풀 외에는 어떤 식물도 자라지 못합니다. 아침마다 짙은 안개가 어촌을 덮고 있어서 어촌은 항상 습기를 유지하고 동시에 기온도 고르게 유지됩니다. 파도는 밤낮없이 바위를 깎아 내면서 화강암 연안을 닦아 줍니다.

곡식 한 알 나지 않는 척박한 땅과 환경이어서 어촌 사람들은 오로지 고기잡이에만 매달려 생계를 이어 갑니다. 다행히도 마음씨 착한 물고기들은 어부들이 굶어 죽을까 봐 연안으로 몰려듭니다. 어촌 사람들은 물고기를 풍족하게 보내 주시는 하느님께 늘 감사하며 살아가고 있습니다.

페기스 코브 주민들은 자연 환경에 어울리게끔 작고 아담한 집을 짓고 욕심 없이 살기로 약속이나 한 것처럼 마을의 전통대로 순박한 삶을 이어 갑니다.

1811년부터 페기스 코브에 사람이 살기 시작했습니다. 처음에는 어부 6가구가 살았습니다. 1900년대로 들어서면서 인구가 300명으로 늘어나 학교도 세워졌고 교회도 들어섰습니다. 지금은 인구가 647명입니다. 지난해에는 653명이던 것이 감소하고 말았습니다.

아름다운 어촌이다 보니 자연스럽게 화가며 사진작가들이 드나들면서 명승지로 변해 갔습니다. 예술가들이 이곳을 찾는 이유는 간단합니다. 보이는 것은 다 아름다운 풍경뿐이고 눈에 띄는 것은 다 작품이니까요. 작지만 그림 같은 집들은 자연과 어울리는 색깔을 찾아서 칠했습니다. 집집에 장작더미가 있고 굴뚝에서는 연기가 모락모락 나고 있습니다. 앞마당이 없으니 개별적으로 정원을 만들 수는 없으나, 자연의 생김새대로 따라가면서 꾸며 놓은 것이 마치 한 폭의 그림 같은 집으로 돋보이게 합니다.

대서양의 거친 바다를 항해하는 선박들을 위해서 백사장처럼 평평한 화강암 위에 등대를 세웠습니다. 지대가 높지 않으니 당연히 등대 키를 높게 세웠습니다. 등대 역시 아름다운 어촌과 어울려 그림 같은 경관을 이뤄 냅니다.

이 어촌에 조각가 디가르트(William Edward DeGarthe, 1907~1983)의 작품이 있어서 찾아갔습니다. 디가르트는 핀란드 출신입니다. 원래는 화가여서 그림으로 많은 작품을 남겼습니다. 말년에 그가 남긴 조각물 '어부들의 기념물'이 그를 세계적인 예술가 대열에 세워 놓았습니다.

디가르트는 아름다운 페기스 코브에 살면서 아기자기한 풍경을 그렸습니다. 페기스 코브는 화강암으로 덮여 있는 지역이라고 했지요. 디가르트는 자신의 집 뒷마당에 거대한 화강암이 떡 버티고 있어서 어떻게 해야 할지 몰랐습니다. 수만 년 동안 그 자리에 버티고 있는 거대한 화강암 덩어리를 없애 버린다는 건 불가능했습니다.

그의 나이 70세가 되던 1977년, 디가르트는 망치와 끌을 들고 나섰습니다. 그리고 하나하나 조각해 나가기 시작했습니다. 자신이 늘 보아 왔고, 자신이 잘 아는 고달픈 어부들의 삶을 조각하기로 마음 먹었습니다. 무작정 시작한 것은 아니었고 오래도록 구상하고 스케치하고 생각을 정리했습니다.

먼저 대서양 강풍 속에서 사투하는 어부들의 용맹스러움을 조각 했습니다. 어부 32명과 부인들 그리고 아이들까지 조각했습니다. 마지막으로 날개 달린 수호천사를 깎아 놓는 데 꼬박 6년이 걸렸습니다. 거대한 조각품은 세 부분으로 나뉘는데 노동(Work), 하사품(Bounty), 은혜(Grace)입니다.

첫 번째 부분이 어부들이 고깃배에 운명을 걸고 힘들게 그물을 끌어 올리면서 고기를 잡는 노동의 신성함이며, 두 번째 부분은 바다의 풍요로움에 감사하며 젊은 여인이 고기가 담긴 바스켓을 운반하고 있는 것입니다. 조각품의 하이라이트가 여기 두 번째에 있습니다. 바스켓을 운반하는 젊은 여인이 '페기(Peggy)'입니다. 조각가 디가르트는 전해 내려오는 '페기의 전설'에서 영감을 얻어 작품을 구상한 것입니다. 전설 속의 젊은 '페기'는 대서양에 고기를 잡으러 나갔다가 풍랑을 만나 배는 파손되었으나 구사일생으로 살아남아 이 어촌에서 생을 맞혔다는 전설적인 여인입니다. 그래서 이 마을 이름도 '페기스 코브'입니다.

마지막 부분은 수호천사가 어부들과 그 가족을 보살펴 준다는 내용입니다. 어떻게 보면 우리들의 '서낭당 나무' 같은 이야기입니다.

작가 박경리가 평생 써 온 작품들은『토지』를 쓰기 위한 습작이었다고 말했듯이, 존 스타인벡 역시 다른 작품들은『에덴의 동쪽』을 쓰기 위한 습작이었다고 말했듯이, 디카르트도 평생 그렸던 그림들은 '어부들의 기념물'을 조각하기 위한 연습이었다고 말했습니다.

디가르트는 1983년 이 작품을 다 끝마치지 못하고 죽었습니다. 그러나 그가 남기고 간 미완성의 작품으로 인하여 많은 사람이 '페기스 코브'를 찾아오고 있습니다.

첫 시련

열 길 물속은 알아도 한 길 사람 속은 모른다는 말이 있습니다. 누구나 다 아는 말이고 누구나 다 긍정하는 말이기도 합니다.

그런데 놀라운 것은 두 살 된 손자 속도 알 수 없다는 사실입니다. 두 살이면 이제 겨우 말을 배우려는 인생 시작의 천진난만한 초년생인데 말입니다. 아무것도 모르는 것 같은 아이의 속도 모르다니 칠십 인생 헛살아 온 것 같습니다.

집안에 손이 귀해서 아이 구경을 못하고 살기를 거의 40년째 됩니다. 제일 큰조카가 오십이 넘었는데 자식이 없고 큰집 조카들도 마흔이 다 되도록 자식이 없습니다. 그러던 중에 우리 아들이 첫 아이를 낳았습니다. 그러니까 이 아이가 38년 만에 태어난 집안 경사인 셈입니다. 집안 어른들도 모두 신기해서 들여다보고 애지중지하면서 귀여워해 주었습니다. 집안 어른들의 축복을 한 몸에 받고 태어난 아이입니다.

손자 이름은 내가 '수남'이라고 지어 주었는데도 아이의 엄마가 굳이 또 다른 이름을 지어 주면서 '유타'라고 부릅니다. 이름이야 어떻든 무슨 상관인가요, 아이만 건강하게 잘 자라면 그만이다 생각합니다.

유타가 2살이 되면서 동생을 보게 되었어요. 며느리가 둘째를 낳으려 병원에 가 있는 동안 유타는 우리 집에 와서 있기로 했습니다. 3일만 있으면 엄마가 퇴원할 것이니 그때까지만 집에서 데리고 있기로 한 겁니다.

처음 엄마와 떨어지는지라 울며 보채면 어떻게 하나 걱정이 많았는데 뜻밖에 잘 적응하는 것입니다. 말도 잘 듣고 울지도 않고 먹기도 잘 먹으면서 하라는 대로 잘하면서 지냅니다. 아이들은 밤이 되면 엄마를 찾으면서 울기 마련인데 이 녀석은 사정을 잘 이해하는 것처럼 시치미를 뚝 떼고 전혀 칭얼대지를 않는 거예요. 참 신통하고 순하다고, 엄마 없어도 잘 크겠다고 모두 칭찬이 자자했습니다.

3일이 지나고 며느리가 둘째를 안고 병원에서 퇴원했습니다. 옛날 우리가 아이를 낳았을 때는 갓난아이를 포대기에 싸서 안고 차에 탔습니다. 그런데 지금은 법이 바뀌어서 자동차에 갓난아기 시트가 장착되어 있지 않으면 병원에서 아기를 퇴원시켜 주지 않습니다. 갓난아기를 차에 태워 집으로 가는 도중에 알게 모르게 심각한 문제가 많이 발생하기 때문에 시트 장착이 법적으로 의무화 되어 있어서 준비되어 있지 않은 부모에게는 아기를 주지 않는 겁니다. 아무튼 아기의 안전을 위해서라니 할 수 없이 얼마 쓰지도 못할 갓난아기 시트를 장만해야 했습니다.

유타 엄마가 갓난아기와 함께 퇴원해서 집에 와 있으니 이제 유타를 데려와도 된다는 전화가 왔습니다. 그렇게 3일 만에 유타는 집으로 가게 되었습니다. 목욕을 시키고 새 옷으로 갈아 입혀서 엄마가 있는 집으로 데려갔습니다.

아이가 혼자서 부모 사랑을 독차지하다가 동생이 생기면 질투심이 생겨 투정을 부린다는 바람에 잔뜩 긴장하고 유타에게 동생이 생겼다고 사전에 교육을 시켜 놓았습니다. 드디어 집에 도착해서 집 안으로 들어서는 순간 엄마가 아이를 보고 "유타." 하고 불렀습니다.

그런데 이게 무슨 일인가요. 그렇게도 잘 지내고 내색은커녕 시치미를 뚝 떼고 내게도 엄마가 있었나 하는 식으로 잘 놀던 녀석이 제 엄마를 보는 순간 달려들이 안기면서 대성통곡을 하는 겁니다. 발버둥을 치면서 큰소리로 울어 대는데 서러움이 사무쳐서 울음이 끊일 줄 모릅니다. 한이 맺혀서 얼마나 흐느끼며 울어 대는지 옆에서 보고 있던 아내와 고모는 기가 막혀 혀를 찰 지경이었습니다. 울음은 십 분도 넘게 오래도록 멈출 줄 몰랐습니다.

아니, 이럴 수가 있나요. 그동안 전혀 내색도 없이 모르는 척 잘 지내던 녀석이 이렇게 돌변할 줄은 꿈에도 몰랐습니다. 이제 겨우 두 살배기가 사람을 속이다니. 모두 감쪽같이 속아서 착하고 말 잘 듣는 아이로만 알았는데, 엄마 없이도 잘 크겠다고 칭찬을 얼마나 해 줬는데 이게 뭡니까. 어른들 모두가 저 녀석한테 속았다는 기분이 드는 겁니다. 정말 열 길 물속은 알아도 한 치 아이 속도 모르겠다고 한바탕 웃었습니다.

하지만 생각해 보면 딱 그런 것만도 아니더군요. 두 살 먹은 아이라고는 해도 엄연한 하나의 인격체라는 사실을 간과해서는 안 되겠더군요. 울음이라는 것은 말로는 표현할 수 없는 벅찬 감정의 표출입니다. 아이가 정확하게 상황 판단을 못해서 그렇지, 무엇인가 잘못되었다는 것은 감지하고 있었던 겁니다.

세상에 태어나 듣도 보도 못한 이별이라는 것을 처음 경험하는 순간이었는데 어찌 충격이 없었겠어요. 사랑하는 사람과의 이별과 재회라는 체험 속에서 슬픔과 기쁨을 배우는 과정이었습니다.

위대한 첫 시련을 겪으면서 인생은 시련의 연속이라는 것을 터득해 나가는 손자가 기특해 보였습니다.

고마운 친구

사람은 끼리끼리 만납니다. 인생을 살다 보면 여러 사람을 만나게 되는데 그중에서도 마음이 끌려 친구로 사귀어야겠다는 생각이 드는 사람은 그리 많지 않습니다. 그 까닭은 나와 취향이 비슷한 사람을 고르게 되기 때문입니다.

'친구' 하면 고등학교 때 친구가 가장 순수하고 허물없는 친구겠지요. 학교에 다니면서 나는 늘 제2선에 있었습니다. 앞에 나서지는 못하고 뒤에 서 있었다는 이야기입니다. 당연히 친구들도 2선에서 머물던 친구들로 구성되었습니다.

워낙 공부를 잘해서 모두가 인정해 주는 녀석은 본인이 원치 않아도 떠밀려서 제1선에 서게 됩니다. 아니면 운동선수라든가 주먹깨나 쓰는 친구들은 설치고 다니기를 좋아해서 스스로 제1선에 나섭니다. 주먹이 근지러워 실력 과시를 해 보여 줘야 하는 친구들입니다.

고학년이 되면서 끼리끼리 모이는 현상은 두드러집니다. 주먹 쓰는 친구들은 한 무리가 되어 몰려다닙니다. 몰려다니면서 이 친구 저 친구 집적대 보고 괴롭히기도 합니다. 가능하면 그런 친구들 눈에 안 띄도록 조용히 지내는 게 나와 내 친구들의 공통점이었습니다.

패거리 중에 키는 작아도 운동을 해서 어깨가 딱 벌어져 근육질인 친구가 있었습니다. 그 친구는 키가 큰 나를 쳐다보면서 급우들 보기에 창피스러울 정도의 막말을 서슴지 않고 해대고는 했습니다. 모욕적인 언행이 상대방에게 상처를 입힌다는 걸 오히려 즐기고 있었습니다. 상대를 무시하는 말을 하면 할수록 자긍심을 느낀다고나 할까 으스대는 것이었습니다. 언어폭력에 심리적 폭력, 그리고 수치심을 느끼게 하는 정서적 폭력까지 당하는 날도 있었습니다. 나는 늘 그의 시선을 피해 다녀야 하는 괴로움이 있었습니다.

졸업 후에도 계속해서 만나는 친구가 진짜 친구입니다. 세월이 흘러 친하게 지내던 친구는 캐나다 에드먼턴에서 살고 있습니다. 아이러니하게도 나를 괴롭히던 어깨 친구 역시 그곳에 살고 있습니다. 친하게 지내던 친구는 늘 그리워지고 보고 싶지만 나를 괴롭히던 어깨 친구는 보고 싶은 마음이 손톱만큼도 없습니다. 그리운 친구와는 편지 연락을 끊임없이 해서 서로의 소식을 다 알고 지내지만 그래도 만나 보고 싶은 게 친구입니다.

한번은 2주간 휴가를 얻어 아내와 함께 차를 몰고 캐나다로 향했습니다. 경치 좋은 밴프며 재스퍼를 지나 친구 집에 갔습니다. 마침 친구 부인은 출산하러 병원에 입원 중이었습니다. 대신 어머님이 계셔서 피난 시절의 이야기를 재미있게 듣고 지냈습니다.

친구는 내게 어깨 친구를 만나 보지 않겠느냐고 물어 왔지만 나는 그러고 싶지 않다고 거절했습니다. 친구가 들려주는 그의 근황은 "개 꼬리 3년 묻어 둬도 개 꼬리대로 있다."고 하면서 변한 게 아무것도 없다는 것이었습니다. 돈 잘 버는 간호사 와이프를 둔 덕에 비슷한 사람들끼리 몰려다니면서 비생산적인 일이나 해대고 골프나 치면서 지낸다고 하더군요.

살면서 터득하게 되었지만 사람을 변화시킨다는 것은 불가능한 일입니다. 하느님만이 할 수 있는 영역에 속합니다.

다시 일상으로 돌아와 바쁘게 살던 어느 날 그리운 친구에게서 전화가 왔습니다. 나를 보내 놓고 이웃에서 사는 어깨 친구한테서 싫은 소리를 들었다는 겁니다. 부인을 시켜 음식을 차려 놓고 기다렸는데 그냥 가 버렸다고 화가 나 있더라고 했습니다.

듣고 보니 참 미안한 생각이 들었습니다. 결혼해서 살고 있으니 부인의 얼굴도 있는데 무시해 버렸다는 게 께름칙했습니다. 졸렬하게 어렸을 때 일을 마음속에 품고 있다니 스스로 생각해 봐도 잘못했다는 생각도 들었습니다.

그리고 다시 시간이 흐른 어느 날, 언제나 그리운 친구는 내게 전화를 걸면서 매우 난처해하는 겁니다. 어깨 친구가 샌프란시스코 구경도 할 겸 너의 집에 가겠다는데 어떻게 해야 좋으냐고 합니다. 학교에 다닐 때도 그랬지만 나는 어깨 친구와 한 번도 말을 터놓고 해본 일이 없습니다. 어쩌다가 그와 마주칠 때면 입을 다물고 있어야 그 자리를 빨리 모면할 수 있었기 때문입니다.

하지만 전에 초대를 거절했던 일도 있고 해서 미안한 생각이 앞섰습니다. 안 만나고 살아 보려 해도 그것도 내 맘대로 되지 않습니다. 세상만사 내 맘대로 되는 건 아무것도 없더군요. 할 수 없이 환영한다고 전해 주라고 했습니다.

어깨 친구는 옛날 어깨가 아니었습니다. 딱 벌어졌던 어깨와 근육질의 팔뚝은 어디로 사라지고, 동안인 얼굴에 주름이 있었으며 왜소한 몸집은 초라해 보일 지경이었습니다. 십여 년이 넘었는데도 별로 할 말이 없었습니다. 밤에 술을 마시자는데 술을 안 마시는 내 집에는 술이 없습니다.

술이 없으니 담배만 피우는 친구에게 "이제 나이도 있고 하니 담배는 끊어야 하지 않겠니?" 했더니 "술, 담배 다 끊고 무슨 재미로 사느냐?"라는 겁니다. '글쎄, 술이나 담배를 안 해도 인생은 재미있던데.' 하고 말해 주고 싶었지만 나를 찾아온 손님에게 면박을 줄 수도 없어서 참고 말았습니다.

아침에 일어나 주방을 끼고 있는 아침 식사 테이블에 모여 앉았습니다. 커피를 마시려는 참이었습니다. 나는 어깨 친구의 부인을 처음 보았고, 친구 역시 나의 아내를 처음 만났습니다. 느닷없이 어깨 친구가 주방에서 아침 준비를 하고 있는 나의 아내에게 "아줌마." 하고 부르는 것입니다.

엉뚱하게도 내가 찔끔하면서 당황스러워 아내를 바라보았습니다. 서른을 막 넘은 아내는 아줌마라는 호칭을 평생 처음 듣는 순간이었습니다. 아니나 다를까 눈치 빠른 아내가 매우 난처한 표정을 지으며

"이 사람이 나더러 아줌마래." 하면서 나를 바라봅니다. 기가 막힌다는 뉘앙스가 풍겨 나오고 있었습니다. 일순간에 분위기는 어색하기 짝이 없었습니다. 어깨 친구도 조금은 미안한 생각이 들었는지 "아줌마가 뭐 나쁜 말이냐?" 하고 묻는 겁니다. 여기서 아줌마를 논할 때가 아니다 싶어 커피부터 마시자고 얼버무리고 말았습니다.

그 후로 한 번도 그를 다시 만날 일은 없었습니다. 그리고 세월은 흘러 칠순에 이르렀습니다. 지금도 그리운 나의 친구와는 일주일에 한두 번 전화 통화를 합니다. 엊그제 통화에서 가련한 어깨 친구가 폐암으로 죽었다고 전해줍니다. 술과 담배를 좋아하던 그 친구가 결국 담배 때문에 죽고 말았구나 하는 생각이 들었습니다.

싫으나 좋으나 한번 동창인 것은 어쩔 수 없는 노릇입니다. 똑똑하지 못한 나는 늘 시간이 흐른 뒤에야 깨우칩니다. 어려서 학교에 다닐 때나 어른이 되어서까지 아무 말이나 닥치는 대로 막 해대는 것은 그가 나쁜 마음을 품고 있어서가 아니라 몰라서였다는 걸 이제야

비로소 이해하게 되더군요. 친구를 이해하고 나니까 모진 추억이나마 남겨 주고 떠난 어깨 친구가 고맙다는 생각도 듭니다.

내 위주로 해석하는 나 자신이 참 야박한 사람이란 생각이 들기도 하고요.

한국에서만 느낄 수 있는 기분 좋은 일들

인천 공항 입국 심사대에 서면 심사 대원들 중에 여자가 많이 있습니다. 당연히 심사도 부드럽고 일 처리도 빠르게 해 줍니다. 어느 나라에 가든 남자 심사 대원이 무뚝뚝하게 대하기 때문에 조금은 두근거리기 마련인데 인천 공항에서는 그렇지 않습니다. 언어도 내 나라 말에다가 숨 쉬는 공기도 내 나라 공기이고 사람들도 나와 같은 사람들이어서 편안하고 친근감이 느껴집니다.

수없이 많이 미국 입국 심사대에 서 보았는데 그곳 심사 대원들은 일률적으로 남성에다가 마치 죄인을 바라보는 듯한 눈초리로 아래위를 훑어봅니다. 묻지 않아도 될 질문을 이것저것 물어보면서 꼬투리 잡을 게 없나 뒤지고 또 뒤져 봅니다. 그렇다고 한 번도 걸려 본 일은 없지만 매번 당할 때마다 기분 좋을 리가 없습니다. 그에 비하면 인천 공항 입국 심사대는 거저먹기여서 기분이 매우 좋습니다.

미국 도시들은 자동차 중심으로 개발되어서 자동차를 타고 다녀야만 합니다. 걸어 다니기에는 거리가 너무 멉니다. 도시가 넓게 퍼져

있다 보니 걸어 다니는 사람을 볼 수가 없습니다. 다운타운에 가야만 길 걷는 사람들을 볼 수 있는데, 그나마 날이 어두워지면 도시에 차들만 횡횡 달리는 게 걸어가기에는 남자인 나도 을씨년스럽고 겁이 납니다.

미국에서 밤늦게 시내 거리를 걸어 다닌다는 것은 상상도 할 수 없는 일입니다. 더군다나 혼자라면 위험천만한 행동으로 시비를 걸어오는 사람이 있을 수도 있고, 강도를 당할 수도 있고, 심지어 목숨을 잃을 수도 있습니다. 푼돈이라도 있어 보이면 권총을 들이대니 어두워진 거리는 안 나가는 게 상책입니다. 밤길을 걸어가며 데이트를 한다는 것은 꿈같은 이야기일 뿐입니다.

그러나 서울은 사람 중심으로 발달한 도시여서 걸어서 다니게끔 설계되어 있습니다. 걸어 다니는 사람도 많아서 어딜 가나 복작댑니다. 서울 전체가 다 다운타운입니다. 밤늦게 거리를 걸어 다닐 수 있다는 것, 편안한 마음으로 걸어 다닐 수 있다는 것은 상상만 해도 매우 평화롭고, 행복하고, 기분 좋은 일입니다.

한국에서는 팁을 안내도 되니 기분이 좋습니다. 식당에서 떡 벌어지게 차려 먹고도 팁 없이 음식 값만 지불하면 그만이니 싸게 먹은 기분입니다. 음식 값이 비싸지도 않은데 팁까지 필요 없으니 매우 기분이 좋습니다. 택시를 타도 미터 요금만 지불하면 그만이고, 미장원에서도 팁이 없으니 기분 좋은 일입니다.

미국에서는 서비스를 받으면 반드시 팁을 줘야 하는데 적게는 요금의 10%에서 보통 15%입니다. 요금에다가 팁을 얹어 줘야 하니 매사 가격이 만만치가 않습니다.

라디오 토크쇼에서 들은 이야기가 생각납니다. 하와이의 어떤 식당에서는 영어를 못하는 손님들의 식사 요금에다가 무조건 15% 팁을 가산해서 받는다고 합니다. 미국인들은 당연히 팁을 주고 가지만 영어를 못하는 일본이나 한국 관광객들은 팁이 없는 문화권에서 살다 온 사람들이어서 팁을 주지 않기 때문이라고 합니다.

사회자가 물었습니다. 팁을 일방적으로 첨부하는 행위는 인권침해의 소지가 있는 게 아닌가? 대답은 간단했습니다. 하와이 주 세법은 식당 매상고의 8%를 팁으로 간주하고 세금을 자동으로 부과한답니다. 그러므로 손님에게서 팁을 못 받으면 식당 주인은 받지도 못한 팁에 관해 세금을 대신 내야 합니다.

아무튼 어딜 가나 팁을 줘야 하는 사회에서 살다가 팁 없는 한국에 가면 돈의 가치가 10% 더 늘어나는 형국이어서 돈을 쓸 때마다 기분이 좋습니다.

식당 주방에서 흔히 하는 말 중에 "사람의 혀는 속일 수 없다."라는 말이 있습니다. 누구나 먹어 보면 맛이 있는지 없는지 다 안다는 말입니다.

그럼에도 불구하고 먹어 보지 않고 식재료만 보고도 맛을 느낄 수 있는 나라는 한국입니다. 세계 어느 나라를 다녀 봐도 식재료만 보고도 침이 꿀꺽 넘어가 본 예가 없습니다. 하지만 한국에서는 시장에서 식재료만 봐도 입맛이 저절로 돕니다. 저것을 이렇게 해 먹으면 참 맛있겠다는 상상만으로도 기분이 좋습니다. 알을 밴 양미리가 꾸러미에 끼워져 있는 걸 봐도 그렇고, 명란은 물론이거니와 갓 도정한 햅쌀을 만져 보면 그 맛이 저절로 기억되면서 군침이 넘어갑니다.

나처럼 키가 큰 사람은 미국에서 옷을 사 입는 데 별 문제가 없으나 대부분의 한국 여자들은 옷을 사 입는 데 고민이 많습니다. 미국 옷 사이즈가 커서 맞는 옷이 별로 없기 때문입니다.

그러다가 한국에 가서 아무 옷이나 입으면 척척 맞으니 얼마나 시원하고 기분 좋은 일이겠어요. 한국 여자들은 체격이 거기서 거기여서 66, 77, 88 정도면 다 맞습니다.

미국에서 물건 가격을 보고 그대로 계산했다가는 낭패를 봅니다. 가격 다음에 유통세를 별도로 내야 하기 때문입니다. 유통세는 지역에 따라 조금씩 차이는 있으나 대략 9.5%입니다. 그러니 물건 가격에다가 거의 10%를 더 내야 살 수가 있습니다. 자동차처럼 덩치 큰 물건을 살 때에는 유통세도 만만치가 않습니다.

그러나 한국에서는 붙여진 가격만 지불하면 되니까 평균 잡아 10%는 이미 싸게 사는 겁니다. 어떤 때는 깎아도 주니 기분 나쁠 리가 없지요.

무엇보다도 가장 기분 좋은 일은 한국에서는 사글세(Rent)를 안 내고 살 수 있다는 겁니다. 전세를 들면 1년이고 2년이고 거저 살다가 나갈 때 본전은 그대로 찾아오면 됩니다. 전 세계에서 전세라고 하는 시스템이 있는 나라는 오로지 한국뿐입니다. 그러니 월세 없이 거저 살 수 있는 나라도 한국이 유일합니다. 이 이상 더 기분 좋은 일이 어디 있겠어요.

경기도 양주에 있는 이민국 사무실은 새로 지어서 깨끗하고 한가롭습니다. 한가롭다 보니 업무 처리도 신사적입니다. 서울 안국동에 있는 이민국(출입국 관리 사무소)은 복작복작대고 발 디딜 틈도 없습니다. 한국에서 살기를 또는 머물기를 원하는 사람들이 많다 보니 사무 요원들도 불친절하고 거칠기 마련입니다.

미국에서 이민국에 가 보면 외국인들은 사람 취급도 제대로 받지 못합니다. 그러면서도 악착같이 미국에서 살아 보려고 매달리는 걸 볼 수 있습니다. 미국이 뭐길래…….

서울에서도 이민국에 가 보면 외국인들은 사람 취급도 제대로 받지 못합니다. 그러면서도 악착같이 한국에서 살아 보려고 매달리는 걸 볼 수 있습니다. 한국이 뭐길래…….

하지만 나는 외국 여권을 소지하고 있고 법적으로 외국인이지만 함부로 취급하지도 않고 오히려 친절합니다. 원래 한국인이었기 때문입니다.

매우 기분 좋은 일입니다.

어떤 사랑

딸이 어렸을 때는 내가 "이거 맛있다." 하면서 먹으면 딸도 맛있어 했습니다. 내가 감자를 좋아해서 감자로 만든 반찬을 밥상에 올리면 딸도 좋아했습니다. 내가 수제비를 좋아해서 수제비를 끓이면 딸도 좋아해 언제 또 수제비 먹을 거냐고 물어오고는 했습니다.

세월이 흘러 딸이 사회에 진출하면서 서로의 입장은 바뀌고 말았습니다. 딸이 "나 이 남자 좋아해." 하면 나도 그 남자를 좋아해야 합니다. 딸이 "나 알래스카 허스키가 좋아. 집에 데리고 갈 거야." 하면 나도 알래스카 허스키를 좋아해야 합니다. "나 웬디 햄버거에서 파는 베이크드 감자가 맛있어." 하면 나도 베이크드 감자가 맛있는 겁니다.

왜 이렇게 변했는지, 언제부터 변해 갔는지 알 수는 없습니다. 그러나 딸이 좋아하는 건 나도 좋아지는 겁니다. 딸이 행복해하면 나도 행복하니까요.

패서디나에서 사는 딸이 집에 올 때면 기르는 개를 데리고 옵니다.

알래스카 허스키인데 눈동자가 연한 푸른색이어서 보는 사람마다 예쁘다고 합니다. 그러나 눈을 치켜뜨면 마치 흘겨보는 눈 같아 섬뜩합니다.

사실 덩치 큰 개가 집 안에서 가로 뛰고 세로 뛰는 게 영 마음에 걸리지만 딸의 개이니까 어쩔 수 없이 받아들이고 있습니다.

한국에서는 개가 주인을 닮는다고 하지만 미국에서는 개를 보면 주인을 알 수 있다고 말합니다. 딸의 개는 딸을 닮아서 한없이 게으릅니다. 그렇다고 개를 야단치지도 못하고 개 주인인 딸의 눈치를 봐 가면서 나도 개를 좋아해야 합니다.

암컷이고 이름이 루시인데 아내와 같이 운동 길에 나서면 아내는 루시를 데리고 갑니다. 나 혼자 운동 길에 나설 때도 역시 루시를 끌고 나갑니다. 개는 영특해서 내가 운동을 나가는 건지 출근을 하는 건지 다 알고 있습니다. 운동을 가려고 모자를 쓰고 일어서면 지가 먼저 문 앞으로 달려가 서서 같이 가겠다고 야단이 납니다. 줄을 걸어도 도망도 안 가고 순순히 목을 내밀어 줍니다.

처음 문밖으로 나서면 루시는 고개를 치켜들고 코를 벌름대면서 신선한 공기를 들이켜는 시늉을 합니다. 정말 신선해하는 표정도 짓습니다.

개의 목줄을 잡고 걸어가는 것도 노후의 조용한 낙 중 하나입니다. 앞에서 너무 힘차게 끌어당겨대서 억지로 끌려가는 격입니다. 팽팽하게 잡아당기는 개의 에너지가 온몸으로 전해 옵니다. 에너지는 내게 들어와 노쇠한 마음을 재충전해 주고도 남을 지경으로 강력합니다. 개는 5분이 멀다고 오줌을 지립니다. 남의 집 잔디밭에서 오줌을 눕니다. 루시는 암캐입니다. 수캐는 한쪽 다리를 들고 오줌을 누니까 누가 봐도 오줌 눈다는 걸 알 수 있습니다. 그러나 암캐는 앉아서 오줌을 누기 때문에 까딱하다가는 남들에게 오해를 사기 쉽습니다. 마치 대변을 보는 줄 아는 겁니다. 남의 집 잔디밭에 대변을 보면 비닐봉지로 수거해 가야 합니다. 암캐는 소변도 대변보는 모양새를 취하다 보니 마치 치우지 않고 그냥 가 버리는 얌체족처럼 보일 것 같아서 신경이 쓰입니다.

또 개는 걸어가면서 코를 들먹이며 냄새를 맡습니다. 적이 지나가지나 않았는지 아니면 수캐가 남겨 놓은 냄새는 없는지 빠짐없이 체크합니다. 그러다가 곧 흥미를 잃습니다. 뿐만 아니라 목에 줄을 매고 주인이 붙어 다녀야 하는 게 개입니다. 개는 아무 데서나 변을 봅니다. 말릴 수가 없습니다. 창피한 걸 모릅니다. 이미 개니까.

기쁘거나 슬프거나 낼 수 있는 소리도 제한되어 있습니다. 멍멍 짖거나 끙끙댈 뿐입니다. 기뻐도, 반가워도, 겁이 나도 단 두 마디로 해결합니다. 또한 비밀을 발설하지 않습니다. 꼭 지켜 줍니다. 보고도 못 본 척 눈을 감아 줍니다. 나는 한 번도 개가 주인에게 화를 내는 걸 본 일이 없습니다.

나도 개를 좋아하는 사람에 속합니다. 그러나 덩치 큰 개가 집 안에서 이리 뛰고 저리 뛰는 꼴을 좋게 봐 줄 수는 없습니다. 소리를 질러 제지하고 싶은데도 개 주인인 딸이 보고 있으니 나로서도 어쩔 도리가 없는 겁니다.

사실 나는 혼자서 운동 길에 나서고 싶습니다. 혼자서 걸어가면 여러 가지 생각도 정리되고 문제점도 풀리는 수가 있습니다. 그러나 개와 함께 나서면 개한테 신경을 써 줘야 하므로 딴 생각을 할 여유가 없습니다.

내가 운동 길에 나서려고 하면 아내와 딸은 루시를 데리고 가라고들 합니다. 개가 온종일 집에만 있어서 운동이 필요하다고 같이 가라는 겁니다. 싫어도 싫다는 내색을 할 수 없습니다. 개 주인이 딸이니까. 어쩔 수 없이 끌고 나서면 만나는 사람마다 "허스키 예쁘네요." 하며 인사를 하니 그럴 때는 우쭐한 기분도 듭니다.

개를 데리고 가면 개한테 끌려 다녀야 합니다. 다른 개와 마주치면 훈련이 덜 된 루시는 덤벼들어서 말리느라고 신경을 써야 합니다. 그뿐만 아니라 개와 함께 갈 수 있는 산책길이 있는가 하면 개는 출입이 금지된 산책길도 있습니다. 어쩌다가 개도 갈 수 있는 길을 운동 길로 잡고 보면 모두 개 한 마리 내지는 두세 마리씩 데리고 갑니다.

개는 사람과 달라서 매사에 책임지는 일이 없기 때문에 목에 줄을 매서 끌고 다녀야 합니다. 모처럼 끈을 풀어 준 개들은 제 세상 만난 듯이 들고 뜁니다. 이리 뛰고 저리 뛰고 좋아서 어쩔 줄을 모릅니다.

미국에는 유난히도 개가 많습니다. 미국애완동물산업협회(APPA)에 따르면 미국 가정의 68%가 애완동물을 기른다고 합니다. 그중에 56.7%가 개로 8,000만 마리나 됩니다.

나는 미국의 개들을 보면서 늘 의구심이 있었습니다. 서로 다른 이웃집 개들이 동네에서나 운동 길에서 마주치는 때가 종종 있지만 이상하게도 싸우는 예가 없습니다. 오히려 서로 좋아서 꼬리를 치며 같이 뛰어 놉니다. 심지어 개와 고양이도 사이좋게 지냅니다.

한국에서 개와 고양이는 앙숙인 걸로 알고 자라온 나로서는 의구심이 생기지 않을 수 없습니다. 모르는 개들이 만나면 서로 짖어대고 싸울 기세로 으르렁대는 걸 보아왔습니다. 내가 어렸을 때 시골에서는 개싸움이 늘 있었습니다.

그러나 미국 개들은 처음 마주쳐도 싸우지 않는 것은 물론이거니와 금세 친해져서 사이좋게 놉니다. 운동 길에 수없이 많은 개를 보았지만 개싸움은 한 번도 본 일이 없습니다. 다 같은 개인데 어째서 한국에서 기르면 싸움을 해대고 미국에서 기르면 온순해지는지 도무지 이해할 수 없었습니다.

그러던 중에 저먼 셰퍼드를 데리고 나온 젊은이를 만났는데 그는 개에 대해서 많이 알고 있었습니다. 젊은이는 2살 된 저먼 셰퍼드를 야산에서 마음껏 뛰어 놀게 풀어 놓았습니다. 개의 나이가 짐작해서 두 살이지, 정확하게는 모른다고 했습니다. 6개월 전에 개 보호소에서 입양했기 때문이라고 합니다. 미국인들도 살림이 어려워지면 애완동물까지도 부담스러워서 내다 버리는 탓에 개 보호소는 늘 초만 원입니다.

젊은이는 멀리 달려간 셰퍼드를 바라보면서 내게 작은 목소리로 말합니다.

"저렇게 멀리 있어도 개는 주인의 목소리를 다 알아듣습니다."

개는 코가 발달해서 냄새를 사람보다 백배 더 잘 맡는다는 건 알고 있었지만, 귀까지 발달해서 멀리 떨어져 있을 때도 주인의 목소리에 귀 기울이고 있는 줄은 몰랐습니다. 개의 귀가 머리통에 비해 좀 크다고만 보았지, 그 속에 비밀이 숨어 있는 줄 짐작이나 했겠어요. 그러면서 젊은이는 내가 품고 있던 의문을 설명해 주는 겁니다.

개를 실외에서 기르면 야생 본성이 살아나 영악해진다고 하더군요. 반면에 개가 실내에서 사람과 함께 생활하면 서로 친숙해지면서 주인의 성품을 닮는다고 합니다. 실내에서 같이 사는 미국 개들은 밖에 나와서도 주인이 친절하게 대하는 사람에게는 함께 친하게 구는 거라고 합니다.

설명을 듣고 난 다음에야 오래 묵었던 의문이 풀리더군요. 한국 시골에 있는 개들이 왜 그리 으르렁대며 싸우려 드는지를 말입니다. 시골에서야 개가 집을 지켜야 한다면서 밖에서 기르니 당연히 야생화되어 사나워져 있는 겁니다.

지금은 한국도 아파트 생활이 대중화되어 있으니 애완동물을 실내가 아니면 기를 곳이 없습니다. 당연히 개들도 성격이 바뀌고 옛날과는 달라졌습니다. 그렇지만 같은 종류의 개를 실내에서 기를지라도 미국에서 기르는 경우와 한국에서 기를 때 성격이 여전히 다르더군요.

미국 친구네 집을 방문했을 때인데 하얀 푸들이 나를 보더니 처음 보는 사람이라고 짖어댑니다. 주인이 나서서 친구이니 짖지 말라고 개에게 주의를 주고 내게 양해를 구합니다. 개는 제자리로 돌아가서 조용히 바라보고만 있었습니다.

반면에 수원에서 사는 친구네 아파트를 방문했습니다. 그 친구도 같은 종류의 푸들을 기르고 있습니다. 당연히 낯선 사람을 본 개는 짖어대지요. 친구가 나서서 짖지 말라고 주의를 주면서 쫓아버립니다. 잠시 물러갔다 다시 나타나 계속 짖어댑니다. 주인이 말려도 소용이 없는 겁니다. 개들이 주인을 닮아 미국인이 기르면 말을 잘 듣고 한국인이 기르면 말을 안 듣는구나 하는 생각이 들었습니다. 내 친구가 말을 안 듣는 친구이거든요.

참으로 개는 인간에게 없어서는 안 될 좋은 친구입니다. 개는 조건 없이 주인을 좋아합니다. 잠시 헤어졌다 만나면 너무 좋아서 꼬리 치고 덤벼들고 어쩔 줄을 모릅니다. 사랑하고 행복해하는 표정이 너무 강렬해서 행복감이 마구 전염되는 것을 느낄 수 있습니다. 개는 변심하지 않습니다. 한번 사랑했으면 죽어 가면서도 끝까지 사랑합니다. 또 짧은 기억력을 갖고 있어서 야단을 치고 때려 줘도 그때뿐이지, 조금만 지나면 다 잊어버리고 예전처럼 좋아합니다. 말대꾸도 하지 않습니다. 그저 듣기만 합니다. 이 점이 사랑받는 비결입니다.

구약 성서 창세기 1장 1절에 보면 이런 말이 있습니다.

태초에 하나님께서 천지와 일월성신을 창조하시고 조류와 어류와 짐승들을 만드시고 마침내 사람까지 창조하셨지만, 개는 이미 하나님과 함께 있었다. God made the earth, the sky and the water, the moon and the sun. He made man and bird and beast. But He didn't make the dog. He already had one.

일찍이 개는 하나님과 함께 있었다는 이야기입니다. 하나님은 인간에게 조건 없는 사랑을 베푸십니다. 개도 하나님을 닮아서 그렇습니다.

인간이 개에게서 배워야 할 것은 무조건적이면서 끝을 모르는 사랑의 샘이 아니겠어요?

사라져 버린 캘리포니아 인디언들

'샤우즈(Chaw-se)'란 인디언 언어로 '바위 절구'란 말입니다. 중부 캘리포니아 시에라네바다 산맥, 해발 720m 지역에 북아메리카에서 규모가 가장 큰 인디언들의 생활 터전이 남아 있어 주립 사적지로 지정된 곳이 있습니다. 이름하여 '샤우즈 주립 공원'입니다.

수천 년 동안 이 땅에서 살아왔지만 문자가 없어서 기록이 전혀 남아 있지 않은 인디언들의 역사는 찾아볼 길이 없습니다. 역사학자들이 추정하기를 1850년 백인들이 캘리포니아를 접수할 당시의 인디언 인구를 30만 명으로 추정할 뿐입니다. 100여 개의 다른 언어가 존재했다고 알려져 있습니다. 18개의 부족에 129개의 그룹이 있었다고 합니다.

적게는 20~30명이 모여 사는 집단이 있었는가 하면 크게는 수백 명이 사회를 이루고 있는 곳도 있었습니다. 북쪽에 요쿠츠 인디언 부족을 비롯해 Pomonaidu, Esselem, 오론, 미워크 등 18개 부족이 있었습니다. 그중 '미워크(Miwok)' 부족이 가장 큰 규모였는데 이 미워크 부족도 4개의 부족으로 나뉘어 있었습니다.

샤우즈 인디언 바위 절구 사적지는 미워크 부족이 살았던 곳입니다. 모든 흔적은 사라져 버렸고 오로지 남아 있는 것은 바위 절구뿐이어서 흔적을 더듬어 그들의 존재를 짐작할 따름입니다. 바위 절구는 마당보다도 넓은 바위에 여러 개의 절구 구멍을 파 놓고 절구로 사용하던 곳입니다. 바위 절구, 샤우즈의 규모로 보아 대단히 큰 집단이었음을 짐작할 수 있습니다.

앞서 말했듯이 기록 문화가 없는 인디언들은 하다못해 그림 같은 것도 남긴 것이 없습니다. 1848년쯤 백인들이 사금을 찾아 헤매다 인디언 부락에서 벌어지고 있는 축제를 그린 사화가 있어서 그나마 인디언 문화의 일부분을 확인할 수 있을 뿐입니다.

그림은 인디언들이 매년 모여서 망자들의 영혼을 위로하는 제례 의식입니다. 그림 속에는 사금을 찾아다니던 백인들과 중국인들이

서서 구경하는 모습도 보입니다. 의식에는 이웃 부족들도 참석해서 같이 춤추고, 숙련된 주술사가 망자와 교감하기도 했다고 합니다. 사람이 죽으면 매장하면서 그의 소지품도 함께 묻었습니다. 때로는 그가 살던 집도 불태워 같이 보냈습니다.

장례 일정은 망자를 따르는 사람들에 따라 부족마다 달리 정했습니다. 모나치 부족의 경우 미망인은 일 년 이상 애도를 표해야 했습니다. 미워크 부족의 미망인은 약초 뿌리로 채워진 행낭 목걸이를 목에 걸고 살아야 했습니다. 어떤 부족에서는 송진이나 재를 얼굴에 바르기도 했고, 수개월 동안 말을 해서는 안 되는 부족과 머리를 지지거나 깎아 버리는 부족의 풍습도 있습니다. 북아메리카에 살았던 인디언들의 생활과 풍습, 전통과 믿음은 대동소이했는데 대대로 이어 내려온 전통 신앙과 철학에 근거를 두고 있습니다.

인디언들은 땅은 '살아 있는 생명체'라고 믿었습니다. 땅이 곧 어머니이고 바위, 나무, 초원, 강 같은 모든 자연 요소들은 스스로 생명력과 정신을 소유하고 있다고 믿었습니다. 인간 역시 자연의 일부분이어서 결국 자연으로 돌아간다고 믿었습니다.

'유마차(U'macha)'라고 불리는 인디언들의 나무집도 이러한 전통 신앙에 근거한 것입니다. 유마차는 시다(Cedar) 나무 기둥을 고깔모자 형식으로 세우고 넝쿨 줄기로 묶어 놓은 다음 시다 널판자를 둘러 세워 비바람을 막는 겁니다. 맨 위에는 하늘이 보일 만큼의 구멍이 있어서 연기가 빠져나갈 수 있게 되어 있습니다. 유마차 꼭지에 난 구멍은 집 안에서 난방이나 음식을 만들 때 불을 지피면 연기를 내보내는 연통 역할을 합니다. 문은 해 뜨는 동쪽으로 내고 문짝은 시다 나무나 사슴 가죽으로 만들었습니다. 솔잎이나 마른 풀로 바닥을 깔아 쿠션과 안락함을 유지했습니다. 인디언 철학에 걸맞게 더 이상 사용하지 않으면 흔적도 없이 자연으로 돌아가는 건물입니다. 유마차는 생활하는 가옥이기도 했지만 창고로도 활용했습니다. 샤우즈 근처에 유마차를 지어 놓고 도토리와 열매 씨들을 저장해 놓았다가 겨울철에 꺼내 먹었습니다.

유마차를 더 크게 지어 많은 사람이 함께 들어갈 수 있는 공간을 만들었는데 이것을 '훈지'라고 불렀습니다. 훈지는 부족장의 책임하에 둥글고 넓게 지었습니다. 훈지는 마을 중심부에 자리 잡고 있으면서 건축물 자재 하나하나에 정신적 의미를 부여한 힘의 상징입니다. 때로는 부족장이 죽으면 그가 지은 훈지는 허물거나 버려야 합니다.

건축물은 지름이 18m나 되는 내부 공간에 네 개의 기둥을 세워 놓고 대들보를 얹어 긴 서까래로 경사를 만들고 지붕을 올렸습니다. 중앙에는 커다랗게 구멍이 나 있어서 자연 채광이 들어와 어둡지 않습니다. 각종 회의나 예식을 올리던 장소로 쓰였습니다.

인디언들은 곰은 사람과 같다고 생각했습니다. 곰은 일어서기도 하고 팔도 있어서 서 있을 때 보면 마치 사람과 같아 보입니다. 많은 것을 알고 있으며 미워크 인디언들의 언어도 이해합니다. 귀가 밝아 멀리서 떠드는 사람들의 말소리도 알아듣습니다.

곰은 사람과 같아서 춤도 춥니다. 어미 곰이 춤을 추면 새끼 곰도 따라서 춥니다. 인디언들이 축제에서 추는 춤 동작들은 동물로부터 배워 온 것입니다. 인디언들은 동물의 세계와 인간의 세계를 동일시했습니다. 같이 살아가는 자연 속에서 서로를 아껴주지 않으면 다 같이 멸망할 수도 있다고 믿었습니다.

사냥하되 새끼를 밴 짐승은 물론이거니와 어린 짐승이나 암컷은 죽이지 않는 것을 원칙으로 삼았습니다. 봄철은 짐승들의 번식기여서 사냥을 삼가고 대신 물고기를 잡아먹었습니다. 동물 가죽으로 만들어지고 밑바닥이 평평한 '모카 신발'을 신었는데 이는 숲 속을 걸을 때도 마치 짐승이 걷는 것처럼 소리가 나지 않아 자연을 놀라게 하지 않으려는 배려가 숨어 있습니다. 죽은 후에도 마치 동물이 죽으면 흔적을 남기지 않는 것처럼 아무런 자취 없이 사라지는 것이 그들의 삶이었습니다.

부락을 이루고 사는 곳에는 넓은 바위가 있기 마련입니다. 그 바위에 절구통만 한 구멍을 만들어 놓고 그들의 주식인 도토리를 작은 돌절구로 빻아 식량으로 삼았습니다. 샤우즈 인디언 바위 절구 사적지에는 절구통이 자그마치 1,185개에 달합니다. 얼마나 많은 인구가 거주했었는지 짐작할 수 있는 흔적이지요. 이 지역은 수백 년이나 된 도토리나무들이 많아서 도토리를 쉽게 구할 수 있었기에 도토리가 식량인 인디언들이 거주하기에는 최적지였습니다.

수천 년 동안 평화롭게 살던 마을에 1849년에 갑자기 백인들이 몰려와 사금을 찾아 들쑤시고 다녔습니다. 이 마을에서 사금을 발견해 산과 들은 다 파헤치고 강과 개울을 온통 뒤집어 놓았습니다. 산야가 난장판이 되었습니다. 그것도 모자라서 인디언들을 강제로 퇴거시켰습니다. 퇴거시키는 작업이 그렇게 호락호락했겠어요? 불태우고, 죽이고, 도토리나무를 다 베어 식량을 고갈시킨 탓에 결국 인디언들은 참혹하게 사라져야 했습니다.

 도토리를 주워 식량을 만드는 것은 여자들의 몫이었습니다. 남자들은 물고기를 잡아 온다거나 노루나 사슴을 사냥했습니다. 인디언들은 소유라는 개념이 없습니다. 욕망이나 욕심도 없습니다. 새나 동물들이 자연에서 있는 그대로 살아가듯이 인디언들도 그랬습니다.

문명이 무엇인지 문화가 무엇인지 알지 못했습니다. 그렇다고 무지하지도, 무식하지도 않았습니다. 순수한 사람들이었습니다. 아동처럼 순진한 사람들이 모여서 소박하게 살고 있었습니다. 어느 날 금에 미친 사람들이, 이해득실로 철저히 무장한 근대인들이 나타났습니다. 그리고 알 수 없는 법의 잣대로 인디언들을 마음껏 농락했습니다.

샤우즈는 그냥 바위 절구가 아닙니다. 인디언들의 문화이고 그들의 예술 작품 같은 생활공간입니다. 또한 샤우즈는 기록 문화가 없었던 인디언들의 생활상과 규모 등 여러 가지를 구체적으로 증언해 주고 있습니다. 샤우즈는 수천 년 동안 인디언 아낙들이 끼니마다 천천히 절구질을 해 왔다는 사실과 도토리와 열매 씨를 빻아 식량으로 사용했다는 것, 그리고 부족의 인구 밀도와 협동 정신을 말해 주고 있습니다.

인디언들의 생활은 늘 힘에 겨운 것처럼 보이지만 꼭 그런 것만도 아니었습니다. 축구를 즐기던 운동장도 있습니다. 인디언들에게도 게임이 있고 스포츠도 있습니다. 인디언 축구는 소녀들과 소년들로 나뉘어 벌어집니다. 사슴 가죽에 약초 뿌리를 넣고 넝쿨로 칭칭 묶은 게 공입니다. 골대는 오늘날 축구 골대와 비슷한데 폭이 1/4에 불과합니다. 골대가 좁아서 공을 넣기가 그리 쉽지 않습니다. 소년들은 공을 오로지 발로 차서 넣어야만 합니다. 그러나 소녀들은 공을 집어 들 수도 있고, 발로 찰 수도 있고, 들고 뛸 수도 있습니다. 소년한테 잡히지 않으려면 빨리 공을 던져야 합니다.

캘리포니아 인디언들은 대체로 온순했습니다. 1922년 퓰리처상을 수상한 작가 윌라 캐더(Wilia Cather)는 북부 캘리포니아를 돌아보면서 인디언 사진을 찍었습니다. 그리고 다음과 같이 표현했습니다.

"인디언들은 자신들이 수천 년 동안 살아온 미대륙의 자연 환경을 하나도 파괴하지 않고, 어지럽히지도 않고, 물려받은 그대로 남겨 놓고 떠났다. 마치 강물 속에 물고기처럼, 공기 속에 새처럼, 자연과 하나 되어 살다가 그대로 남겨 놓고 떠났다."

미국인이 우리를 보는 엉뚱한 시각

모르몬교 사원 본부는 솔트레이크 시에 있습니다. 그리고 솔트레이크 시를 중심으로 동쪽 덴버와 서쪽 오클랜드에 똑같은 사원을 지어 놓았습니다. 사원의 뾰족한 탑 부분은 금으로 입혀 놓아 황금색이 햇빛에 반짝입니다. 어느 사원이나 가면 투어 시간이 있어서 가이드를 해 줍니다. 솔트레이크 시에 있는 사원을 관광한 적이 있는데 투어는 깨끗한 정장으로 차려 입은 젊은이가 넓은 템플 안을 돌아다니면서 잘 설명해 줍니다.

하이라이트는 거대한 돔으로 이루어진 예배당입니다. 대예배당(Tabernacle)으로 불리는 돔 안에 들어서면 기둥이 없는 넓은 공간이 특이합니다. 교회당 정면에는 어마어마하게 큰 파이프 오르간이 자리 잡고 있는데 파이프 수만도 11,000여 개라고 합니다. 파이프 오르간은 독일에서 만들어 왔습니다. 교회당을 설계할 때 음향을 중요시해서 단상에서 종이를 찢으면 그 소리가 맨 뒤, 그러니까 100m 떨어진 곳에서도 선명하게 들린다고 합니다. 실제로 시험해 보이는데 과연 잘 들렸습니다.

간단한 영화도 보여 줍니다. 화면 속에서 인상적인 것은 천국입니다. 푸른 동산에 꽃과 나무가 있고 할아버지와 아들, 손자까지 삼대가 손을 잡고 가는 모습입니다. 한국이나 미국이나 삼대가 같이 잘 지내는 게 천국인 것 같습니다.

백 년 전만 해도 모르몬교는 일부다처제였으나 지금은 연방법에 따라 일부일처제를 실행하고 있습니다. 우리 집 이웃에는 모르몬교 교인들이 많이 살고 있는데 모르몬교도들은 대부분이 백인들이고 산아 제한을 하지 않습니다. 그래서 한 집에 아이들이 6명도 넘게 있는 것이 보통입니다.

모르몬교는 교인들을 챙기는데 유별납니다. 물론 십일조도 꼬박꼬박 받고 있지만 말입니다. 우리 딸의 고등학교 동창 중에 브라이언이라고 하는 모르몬교인 집 아들이 있습니다. 졸업 후 얼마 있다가 우리 집에 들른 일이 있습니다. 한국으로 선교 활동을 간다고 인사 차 온 겁니다. 한국에 가서 2년 동안 선교활동을 하고 돌아오면 모르몬교 재단에서 대학 졸업할 때까지 장학금을 주는 프로그램이 있다면서 등록했다고 합니다.

우리가 한국인이니까 사전에 한국에 관한 정보를 알아보려고 온 것 같았습니다. 한국에 가서 선교 활동을 한다고는 하지만 선전을 하고 다니는 것은 아니고 어느 지역에서 이웃을 도와주며 성실하고 깨끗하게 사는 모범적인 모습으로 자연스럽게 주변 사람들에게 감명을 주는 3차원적 선교입니다.

한국에 처음 가는 미국인에게 가장 적응하기 힘든 게 식문화일 것입니다. 한국인들은 쌀이 주식이니 건강 잘 챙기고 돌아오라고 격려해 주었습니다. 인류 역사상 3대 식량으로 쌀, 밀, 옥수수를 꼽습니다. 그중에 쌀이 으뜸입니다. 세계 수많은 인구 중에 쌀을 주식으로 하는 인구가 가장 많은 것으로 되어 있습니다.

쌀도 종류가 많아서 다 헤아릴 수가 없을 정도입니다. 우리가 먹는 쌀은 '짧고 끈기 있는(high-starch, short-grain)' 럭비공처럼 생긴 쌀입니다. 쌀알이 짧은 쌀로 밥을 지으면 끈기가 있어서 서로 달라붙습니다. 아이러니하게도 '짧고 끈기 있는' 쌀은 한국과 일본만이 주식으로 하는 쌀입니다. 물색없이 쌀알이 긴 쌀은 밥을 지으면 후들후들 흩어지고 끈기가 없지만 다른 나라 사람들은 이 쌀을 주식으로 합니다. 하다못해 우리와 이웃해 있는 중국인들도 긴 쌀을 주식으로 먹습니다. 우리가 들으면 웃기는 이야기지만 중국인들은 우리가 먹는 끈적대는 밥은 싫다고 하더군요.

우리는 짧은 쌀만 먹어 왔기 때문에 '밥' 하면 차진 쌀로 지은 밥을 연상합니다. 그러나 한국과 일본을 제외한 세계 인구 거의 다가 '밥' 하면 쌀알이 길고 후들대는 밥을 떠올립니다. 쌀은 세계 어느 나라에서나 또 누구나 먹는 만국 공통의 식량입니다.

한 가지 흥미로운 사실이 있습니다. 서양에서는 식사 도구로 포크와 숟가락 그리고 칼이 나오지만 주 임무는 포크가 합니다. 동양에서는 젓가락과 숟가락이 있지만 중국, 일본 그리고 동남아 모든 나라에서 젓가락만 사용합니다. 오로지 한국에서만 숟가락을 주 도구로 사용합니다. 비빔밥이나 볶음밥, 국밥을 어떻게 젓가락으로 먹을 수가 있겠어요. 우리는 전통적으로 젓가락으로 밥을 먹으면 복 나간다고 어른들로부터 꾸중을 듣고 자랐습니다. 숟가락으로 퍼서 먹어야 올바른 식습관으로 여겨왔습니다.

한국 밥상은 숟가락과 젓가락을 동시에 활용해야 하는 밥상입니다. 그리고 밥을 국에 말아 먹는 나라도 한국뿐입니다. 식사할 때 숟가락을 거의 사용하지 않는 다른 나라 사람들이 볼 때 우리의 숟가락 식사 문화는 이상하게 보일 수도 있습니다.

다 잊어버리고 지내던 어느 날 한국에서 브라이언이 돌아와 우리 집에 인사차 들렀습니다. 때마침 나는 점심으로 찬밥을 물에 말아 먹으려는 참이었습니다. 흰 쌀 찬밥을 물에 말아 먹는 것은 설명할 수 없는 야릇한 맛이 있습니다. 아무 맛도 없는 맛 속에 쌀밥의 향이 우러나옵니다. 경험이 축적돼서 배어 나오는 맛이기도 합니다. 숟가락을 사용하는 우리만이 알 수 있는 신비스러운 맛입니다.

브라이언에게는 마침 냉장고에 먹다 남겨 두었던 갈비가 있어서 전자 오븐에 데워서 주었습니다. 자연히 한국 이야기로 화제가 돌아갔습니다.

영월에서 선교 활동을 했다고 합니다. 한국말을 술술 하는 게 그렇게 예쁠 수가 없었습니다. 한국에 머무는 동안 무엇이 가장 힘들었는가 물어보았습니다. 당연히 음식 때문에 고생했다고 할 줄 알았습니다. 그러나 엉뚱하게도 모기 때문에 잠 설치는 게 가장 힘들었다고 하는데 웃음이 절로 나왔습니다. 그동안 까맣게 잊고 살았지만 정말 시골에 가면 모기 때문에 고생이 많습니다. 모기장을 쳐도 어디로 쑤시고 들어오는지 결국 물리고 맙니다. 약을 바르고 모기향을 피우고 난리를 치던 생각이 납니다.

그러면 무엇이 가장 재미있었느냐고 물어보았습니다. 지도원 몰래 신촌에 나가 놀 때가 가장 재미있었다고 합니다. 아직 스무 살 먹은 청년이니 그렇겠다는 생각이 들었습니다.

브라이언이 갈비를 먹고 난 다음 왼손으로 입을 가리고 오른손으로 이쑤시개를 잡고 이를 쑤시는 모습은 영락없이 한국 사람 그대로였습니다. 한국 사람이 다 된 것 같아 보였습니다.

나는 물에 말은 밥을 다 먹고 마지막으로 밥을 말았던 물까지 마셔 그릇을 비웠습니다. 옆에서 내가 먹는 모습을 지켜보고 있던 브라이언이 물어 옵니다. 쌀을 잘 씻어서 밥을 했을 텐데 왜 밥을 다시 물에 씻어서 먹느냐는 겁니다. 나는 잠깐 헷갈렸습니다. '내가 밥을 씻어 먹었나? 그게 아니고 물에 말아 먹었는데?' 하는 순간 브라이언은 다시 물어 옵니다. 그리고 밥을 씻어 먹고 난 그 물은 왜 도로 마시느냐고. '밥 먹고 나서 물 마시는 건 당연한 수순인데 무슨 소리야?' 하는 생각이 들었습니다.

동시에 '아! 저런 시각도 있구나.' 하는 생각이 머리를 스치고 지나 갔습니다. 가만히 생각해 보니 브라이언은 미국인이지 한국 사람이 아닙니다. 미국인이 볼 때 나의 밥 먹는 방식이 이상하게 보일 수도 있는 겁니다. 나는 밥을 물에 말아 먹었지, 씻어 먹은 게 아니지만 말아 먹는 문화가 없는 외국인의 눈에는 밥을 물에 씻어 먹는 걸로 보이는구나 하는 생각에 기가 막혔습니다. 씻고 난 그 물을 도로 마실 거면 뭐 하러 씻었느냐는 건데, 이걸 어떻게 설명해 줘야 할지 난감했습니다.

상상도 못했던 그의 질문에 웃음도 나오면서 우리의 식문화를 되돌아보게 됩니다.

숟가락으로 먹어야 하는 식문화를.

아름다운 새들의 사랑이야기

아침에 눈을 뜨고 창밖을 내다보면 새들의 노랫소리가 들립니다. 살면서 관심 없이 지낼 때는 보이지 않던 것이 관심을 가지고 눈여겨 보았더니 날씨가 흐리고 추운 날에는 새들이 행동을 자제하면서 조용히 지냅니다. 그러나 해가 쨍한 아침이면 귀가 아플 정도로 요란하게 지저귑니다.

문을 열고 뒷마당으로 나가면 나를 제일 먼저 반겨주는 게 새들입니다. 생각해 보세요, 지구 위에서 털과 깃을 가진 생물체는 새밖에 없잖아요. 비늘처럼 몸 밖으로 도출되어 나온 깃털은 새의 체온을 보호하고 늘 건조 상태를 유지해 줍니다. 한편으로는 하늘로 날 수 있게 해 줍니다. 하나하나의 털은 중앙에 있는 깃대에 질서 정연하게 연결되어 기다란 깃털을 이룹니다. 깃털이 다시 나란히 배열되어 날개를 만듭니다. 새가 떨어트린 깃털 하나만 보더라도 신비에 가까운 아름다움이 숨어 있습니다.

새들도 삶의 사이클이 있어서 새끼일 때, 젊었을 때, 늙었을 때의 삶이 따로 있을 것입니다. 새끼는 확실히 알아볼 수 있습니다. 그러나 새가 젊었는지 늙었는지는 알아볼 길이 없습니다. 사람은 늙으면 머리가 희어지는데 새들은 왜 털이 희어지지 않는지 알 수 없습니다.

공중에는 많은 새가 날아다닙니다. 그 많은 새가 어느 날인가는 반드시 죽을 텐데 나는 지금까지 한 번도 자연사한 새를 본 일이 없습니다. 죽을 때는 어디로 가서 몸을 숨기고 죽는지 알 수 없습니다.

전 세계에는 9,500~10,000종의 새가 살고 있다고 합니다. 내가 본 새는 그중 1/100도 안 될 것입니다.

'미국 울새(American Robin)'는 참새와 비슷하지만 덩치가 크고 둔하게 생겼습니다. 한번은 울새가 우리 집 울타리에 앉아 있다가 무작정 창문으로 돌진해 부딪쳐 땅에 떨어집니다. 그리고 다시 울타리로 올라가 앉는 겁니다. 잠시 있다가 창문으로 달려와 부딪치기를 반복합니다. 알 수 없는 울새의 행동이 이해가 가지 않았습니다.

후일 알게 된 사실이지만 울새가 자신의 영역을 지키려는 행동이었습니다. 창문에 비친 자기 모습을 보고 '누가 내 영역을 침범했느냐!' 하면서 달려들어 쫓아내려는 행동이었던 것입니다. 적어도 계속해서 열 번은 반복하다가 사라졌습니다. 창문에 부딪혀 기절하지 않은 것만도 다행입니다.

넓은 공간에서 활동하는 새들도 때로는 날아가다가 벽이나 나무에 부딪혀 땅에 떨어지면서 기절하는 수가 있답니다. 그러면 잠시 기다렸다가 어두운 곳이나 조용한 곳에서 쉬면서 다시 정신이 돌아오고 기운을 차리면 날아간다고 합니다.

캘리포니아에서 흔히 볼 수 있는 '스텔라 어치(Steller's Jay)'는 미국 서부 지역에 사는 까마귀과입니다. 한국의 까치 같은 새입니다. 대담하다고나 할까, 뻔뻔스럽다고나 할까. 사람들이 있는 캠핑장이나 낚시터에서 먹을거리가 있으면 과감하게 채 갑니다. 목소리도 크고 자주 짖어댑니다. 자신의 영역이 정해져 있어서 낯선 '스텔라 어치'의 침입을 허락하지 않고 쫓아냅니다.

'스크랩 어치(Scrub Jay)'는 미국 서부 지역과 멕시코까지 퍼져 있습니다. 특이한 것은 작년에 아버지 노릇을 했던 수컷, 재작년에 아버지 노릇을 했던 수컷 등 여러 마리의 수컷들이 둥지를 떠나지 않고 올해의 새 아버지인 수컷과 함께 새끼를 먹여 주고 둥지를 깨끗이 치워 주면서 같이 지낸다는 겁니다. 얼마나 신사적인 새인가요.

연구에 의하면 새의 날개 길이, 넓이, 끝 모양새, 날개 밑으로 휘어진 상태 등이 얼마나 빨리 날기 시작할 수 있는지 또 빨리, 멀리 날 수 있는지, 방향은 잘 바꿀 수 있는지를 말해 줍니다. 두 날개만 가지고는 이 모든 일을 해낼 수는 없습니다. 꽁지깃은 방향타 노릇을 할 뿐만 아니라 브레이크 작용도 해서 속력을 줄이거나 정지할 때 긴요하게 작동합니다.

척추가 있는 동물치고 새의 호흡은 특이합니다. 공중을 비행하는 동안 새들의 날개힘살은 많은 양의 산소가 필요합니다. 그러나 새들의 허파는 매우 작습니다. 허파가 작으므로 대신 칸막이가 없어서 가슴과 복부가 커다란 공기 자루 노릇을 합니다. 이러한 시스템은 새가 계속해서 숨을 쉴 수 있게 해 줍니다. 또 한번 숨을 들이켤 때 두 곱의 공기량이 들어가고 숨을 내쉴 때 두 곱의 공기량이 나간다고 합니다.

새는 식성도 좋습니다. 얼마나 자주, 많이 먹는지 알면 놀라실 겁니다. 곤충이나 벌레를 먹는 작은 새들은 쥐나 토끼를 잡아먹는 큰 새보다 훨씬 더 많이 먹습니다. 하루에 자신의 몸무게만큼이나 벌레를 먹어야 한다니 온종일 먹는 일만 하며 산다는 이야기가 됩니다. 옛날 어른들이 새는 곧은창자가 돼서 먹으면 곧바로 나온다고 하더니. 곧바로 나오지 않으면 어떻게 온종일 먹어대겠어요.

자유분방한 새한테 사진 찍게 기다려 달라는 부탁은 불가능한 주문입니다. 너는 너대로 나는 나대로 찍어야 합니다. 새들은 잠시도 입을 다물고 있지 못합니다. 남들이 듣거나 말거나 조잘댑니다. 사용하는 단어가 몇 개 안 될 터인데도 무슨 말을 그리 많이 하는지 알 수 없습니다. 신기한 것은 새들의 시각은 사람과 비슷해서 색깔을 구분한다는 사실입니다. 꽃이 예쁘다는 것, 여기가 꽃밭이라는 걸 다 알고 찾아드는 겁니다. 자기들끼리도 때깔 좋고 잘생긴 녀석을 알아보고 연애질을 합니다.

한 가지 더 놀라운 사실이 있는데 새들도 암에 걸립니다. 몸에 좋다는 자연식만 하고, 눈만 뜨면 운동만 하고 다니면서 말입니다. 새들도 스트레스에 시달리나 보죠? 하기야 왕따 당하는 새도 있다고 하니까.

기러기의 부부애를 아시지요? 세계에는 기러기 종류가 14종이 있다고 합니다. 기러기의 수명은 150년에서 200년이라고 하는데 한번 짝을 맺으면 평생 영원하다고 하니 백년해로를 하고도 남는 겁니다. 그뿐인가요? 한 마리가 먼저 죽으면 남은 녀석은 평생 수절한다고 합니다. 얼마나 애절한 사랑이며 인연인가요.

기러기의 자식 사랑도 유별납니다. 새끼를 품고 있다가 풀밭에 불이라도 나면 품은 새끼와 함께 죽으면 죽었지, 새끼를 버리고 도망가지 않는다고 합니다. 얼마나 위대한 모성애인가요. 뿐만 아니라 위계질서가 분명해서 날아갈 때도 행렬을 지어 질서 있게 날아갑니다. 맨 앞에 날아가는 리더가 울면 뒤따라가는 놈이 화답하여 예를 지킵니다.

기러기는 가장 높이 나는 새 중의 하나입니다. 철이 바뀌어 고향으로 돌아가는 인도 기러기는 자그마치 29,000피트(8,900m) 상공으로 날아간다는 사실입니다. 에베레스트 산이 8,850m이니까 그보다도 더 높이 날아갑니다. 인간이 만든 점보제트기보다 더 높이 말이지요. 저온으로 꽁꽁 얼어붙는 고공에서 기러기는 쉴 새 없는 날개 짓으로 추위를 이겨냅니다. 고공 상태에서 산소가 부족한 것은 실핏줄의 발달로 극복합니다.

기러기는 초식성입니다. 숲으로 덮인 호숫가에 살면서 물가에서 수

초나 들풀을 뜯어 먹고 살아갑니다. 한번은 호숫가를 걸어가는데 기러기 리더의 지시가 있었는지 여기저기서 기러기들이 끼륵끼륵 소리를 지르며 날아들어 왔습니다. 잠시 시끌벅적하더니 한두 마리가 아니라 50여 마리는 됨직한 기러기 무리가 형성되었습니다. 모두 리더의 소리를 따르는 것 같았습니다.

자기들끼리 무엇이라고 중얼중얼대지만 알아들을 수는 없었습니다. 그러면서 언덕 위로 올라들 가고 있었습니다. 언덕 위의 풀밭에서 풀을 뜯어 먹는 겁니다. 마치 점심시간에 함께 모여 같이 식사하는 것처럼 풀을 뜯는 건 처음 보았습니다. 하도 신기해서 한참 동안 지켜봤는데 기러기들의 모임이 다 끝난 다음 한 마리씩 각자 갈 길로 돌아들 가더군요.

지금까지 40년을 넘게 캘리포니아에서 살았지만 제비는 없는 줄 알았습니다. 전깃줄에 나란히 앉아 있는 제비도 못 봤고, 신작로를 따라 전속력으로 질주하는 제비도 본 일이 없습니다. 내 눈에 띄지 않으니 캘리포니아에 제비는 없다고 단정해 버렸습니다.

그러나 지난 한 달 동안 기러기에 관심을 두고 살펴보다가 엉뚱하게도 제비가 눈에 들어왔습니다. 주택가에는 없는데 호숫가에는 제비(Barn Swallow)가 있더군요. 캘리포니아는 겨울철을 빼고는 비 한 방울 없는 건조한 기후입니다. 호숫가에나 가야 먹잇감을 찾을 수 있고 진흙도 구해 집을 짓고 새끼도 기를 수 있으므로 주택가에서는 볼 수 없었던 거지요. 한국에서는 제비가 중국의 양쯔 강 이남, 화남이라는 곳으로 날아갔다가 봄이 되면 다시 돌아오는데 캘리포니아 제비는 남미 아르헨티나까지 날아갔다가 봄에 다시 이곳으로 날아와 새끼를 낳습니다. 한국 제비는 목과 배가 흰색으로 되어 있는데 이곳 제비는 옅은 갈색으로 되어 있습니다.

제비는 세계 여러 곳에 서식하는 새입니다. 제비는 발트 해 연안 에스토니아의 국조입니다. 미국의 국조는 목에 흰색 줄이 있는 독수리(American Eagle)인데 한국도 국조가 있는지 모르겠군요. 어쩌면 봉황? (아, 까치는 서울시의 새입니다만) 에스토니아 사람들은 국조인 제비가 '창공의 자유' 또는 '영원한 행복'을 상징한다고 믿고 있습니다. 그들의 전설에 의하면 제비를 죽이면 시각 장애인이 된다고 합니다.

여기서 흥미로운 콜로라도 주립 대학 연구진의 제비에 관한 연구 결과를 살펴보지요. 수컷 제비는 갈색 가슴 털이 짙은 갈색일수록 인기가 높다고 합니다. 번식기가 시작될 무렵 수컷 제비 63마리에다가 인기 높은 짙은 갈색으로 염색해 주었더니 짝짓기 상대도 더 많이 생기고 수컷 호르몬 분비도 늘어나 수컷 위상이 높아졌다는 연구결과가 있었습니다. 염색 자체로 인해서 제비들의 생리에 변화가 일어난 것은 아니지만 강화된 수컷에 대한 다른 제비들의 반응이 달라진 것이라면서 이들은 암컷들로부터 예전보다 많은 관심을 끌었고 다른 수컷들과 더 많은 싸움을 벌인 것으로 드러났습니다.

염색한 수컷 제비가 무리 안으로 날아들 때 다른 제비들이 보이는 반응으로 높아진 자신의 위상을 알 수 있다고 합니다. 또한 염색한 제비들은 수컷 호르몬 테스토스테론 분비량이 증가했지만 체중은 줄어 있었다고 합니다. 이는 다른 수컷들과 싸우고 암컷들과 짝짓기 하고 다녔거나 다른 제비들의 높아진 기대에 부응하기 위해 노력하느라 체력을 소모한 결과로 해석된다고 합니다. 연구진은 가슴 깃털 색깔이 짙은 제비일수록 짝짓기를 일찍 하고 많은 새끼를 낳으며 암컷 짝이 바람을 피우는 경우도 적다는 결과를 발표했습니다.

제비의 세계에서는 가슴의 색깔이 남성성의 중요한 지표로서 수컷 사슴의 큰 뿔이나 수컷 새의 화려한 꼬리 깃털과 같은 것이라고 했습니다. 색을 밝힌다는 말은 건전한 용어가 못 되는 줄 알았는데 반드시 그런 것만도 아니라는 걸 알았습니다. 우생의 법칙을 충실히 이행하는 측면도 있더란 말입니다.

사람들이 명품을 지니고 싶어 하는 심리도 따지고 보면 자신을 알아봐 달라는 무언의 욕구에서 발현된 자기 과시가 아닐까요? 실제로 명품 핸드백에 중독된 여성들에 의하면 가짜일망정 명품 핸드백을 들고 다니면 다른 사람들의 눈길이 느껴진답니다. 세상은 가짜 인생으로 살아갈망정 유명해지려는 사람들로 넘쳐납니다. 그러나 진정한 삶은 착한 사람으로 살아가는 것 일진데 착한 사람은 선한 사람이고 좋은 사람을 의미합니다. 하지만 시끄럽게 부대끼며 살아가야 하는 세상에서 선하게 산다는 것처럼 힘든 일도 없을 겁니다. 그나마 다행인 것은 늙어가면서 자연스럽게 이것저것 포기하게 되고 그러면서 조금씩 착해져 가는 징후가 나타나고 있다는 사실입니다.

미국에서 한국인으로 살아간다는 것

나뭇잎이 다 떨어져 을씨년스럽던 뒷마당에 봄은 새로운 활기를 불어넣고 있습니다. 살면서 수많은 봄을 경험했건만 다시 찾아온 봄은 여전히 새롭기만 합니다.

봄은 어른의 보폭처럼 성큼성큼 다가옵니다. 이제 추위가 가셨나 하면 꽃이 피었고, 꽃이 피었나 하면 벌써 떨어지고 맙니다. 꽃은 서로 앞 다투어 피어나고 새들은 들뜬 목소리로 제 이름을 부르며 지저귑니다. 하늘은 파랗고 햇볕은 따스하고 뭐 하나 안 좋은 게 없는 봄날입니다.

뒷마당에 심은 3년 차 체리 나무에도 봄은 왔습니다. 체리 열매가 굵은 것처럼 꽃도 탐스럽고 큼지막합니다.

벚꽃은 딱딱하게만 보이는 가죽 같은 나무껍질을 여드름 비지 튀어나오듯 쑤시고 나와 꽃부터 피웁니다. 꽃술을 가운데 놓고 하얀 다섯 개의 꽃잎이 감싸고 있는 모습은 청순한 면사포처럼 순결해 보이기도 합니다. 다섯 꽃잎은 닷새 만에 바람에 날려 떨어지고 맙니다. 팔랑개비처럼 봄바람에 휘날려 떨어지는 꽃잎은 겨울 눈꽃을 연상케 합니다. 봄에 피는 벚꽃은 싫든 좋든 풍장을 선택해야 하는 운명이고 풍장으로 짧은 생을 마칩니다.

옆집 담을 넘어온 개 버찌도 봄을 놓칠세라 부랴부랴 꽃을 피웁니다. 먹지도 못할 열매를 맺을지언정 꽃은 아름답습니다. 구색을 갖추느라고 푸른 잎과 붉은 몽우리에 흰 꽃을 한꺼번에 피워 댑니다.

봄에 꽃이 만발하면 벌들이 날아오고 여름에 열매가 달리면 새들이 꼬여듭니다. 봄이면 새들은 귀청이 떨어질 지경으로 시끄럽게 노래하며 웃어댑니다. 짝을 찾는 간절한 호소입니다. 동백꽃이야 사철 핀다지만 봄에 핀 동백은 꽃잎 색깔이 어느 때보다 선명하고 빛이 납니다. 한국 동백은 작은 홑잎꽃에 피처럼 진한 붉은색이지만 미국 동백은 꽃송이가 굵고 진달래처럼 분홍색이 돕니다. 얼른 봄이 오길 기다리는 마음에 동백이 더없이 곱게 보입니다.

2주가 넘었습니다. 오후 3시쯤 속이 비어 출출하면 배가 뜨끔뜨끔 아파 온 지가. 의사를 만나 증상을 호소했더니 스트레스에서 오는

현상일 것이라고 합니다. 아무리 세상을 다 산 노인일망정 아프다는데 인정해 주지 않고 그럴 수도 있다는 식으로 받아 주면 야속한 마음이 들기 마련입니다. 의사는 자신이 운영하는 스트레스 교실에 등록하고 2주일에 한 번씩 1시간 30분짜리 강의를 들으라고 했습니다.

나는 스트레스 받는 게 아무것도 없습니다. 걱정거리도 없고 나 하고 싶은 대로 살고 있어서 스트레스와는 거리가 멀다고 생각하고 있습니다. 숫자로 표시해서 한창 젊었을 때 받던 스트레스를 10이라고 친다면 지금은 1에 속합니다. 마냥 편한 날들을 보내고 있는데 갑자기 배 아픈 게 스트레스 때문이라니 코웃음이 날 지경이었습니다. 스트레스 강연을 들으라는 권유가 이번만은 아닙니다. 근무 시간 외에 운영하는 스트레스 교실이 의사 자신의 부수입이어서 내게 권하는 것처럼 들립니다.

하루를 보내고 다음 날 아침 가만히 생각해 보니 혹시 나도 모르는 스트레스를 받고 있는 건 아닐까하는 생각도 들었습니다. 내가 끌고 다니는 내 몸이지만 나도 알지 못하는 게 내 몸이기도 합니다. 더군다나 내 몸에는 한국인이라는 이름표가 붙어 있습니다.

한국인의 DNA를 갖고 있는 우리는 세계 어디서 살든지 평생 한국인으로 살아갑니다. 한국인은 열심히 일하고, 쉴 새 없이 일하고, 어떻게 해서라도 저축을 해야 하고, 자식들 교육을 끝까지 잘 시켜서 성공해야 한다는 의무감에 차 있습니다.

한국인이라는 멍에를 지고 살아가는 길은 험하고 고달픈 길입니다. 서독 광부, 간호사로 시작해서 중동 근로자가 그랬고 월남 파병이 다 그러했습니다. 평생 일주일에 엿새, 토요일까지 일하면서 희생당한다는 생각은 해 본 적이 없습니다. 한국인이 특별히 현명하고 똑똑해서가 아니라 나면서부터 배운 게 악착같이 이겨 내야 한다는 숙명 같은 특명이었고, 그것을 은연중에 거머쥐고 살다 보니 자연히 고달픈 삶이 되는 겁니다. 어떤 일이든지 빨리빨리 해내야 한다는 숙제를 늘 업고 살아갑니다.

험하고 고달픈 인생은 그런대로 결실도 있기 마련입니다. 그 사이 국민 소득이 250배나 껑충 뛰었으니 말입니다. 삶의 여유가 생기면서 예전에 못살던 시절을 생각하면 고달픈 삶이 오히려 고마울 뿐이라고 위안도 합니다. 한국이 찢어지게 가난해서 고생했던 경험들이 지금은 은혜가 되어 보상으로 돌아와 넉넉한 삶이 되었다고 감사하게 여기게도 되었습니다.

한국인으로 살아가는 삶이 가장 적합한 인생이라고 생각하지는 않습니다. 주변의 미국인들 중 한국인들처럼 사는 사람들은 없으니 말입니다. 놀 것 다 놀고, 즐길 거 다 즐기고, 쓸 것 다 쓰면서 살아가는 겁니다. 설혹 신용 카드에 빚이 있을망정 말입니다.

일주일에 엿새씩 일하는 우리를 보는 미국인들의 시선은 일 중독, 일의 노예, 돈밖에 모르는 사람 등입니다. 우리가 듣지 않는 데서 지껄인다는 것도 다 알고 있습니다. 하다못해 우리의 2세 자식들도 나와는 다르게 생각하고, 다르게 살고 있습니다.

그렇다고 우리가 살아온 길이 잘못된 길이었다고 생각하지는 않습니다.

얼마 전의 일입니다.

LA에서 봉제업을 하는 한국인 사장이 유대인 건물주와 임대 재계약 조건을 놓고 문제가 발생했습니다. 20여 년간 세 들어 봉제업을 운영하던 한국인은 이번 불경기를 넘기기 위해 월세를 깎아 달라고 청했습니다. 월세가 자그마치 1만 2천 달러였다고 합니다.

여러 번 오고 갔으나 유대인은 한 푼도 안 깎아 주었고, 결국 마지막 담판을 지으려고 사무실에서 만났다고 합니다. 현명하면서도 어리석은 유대인 건물주는 한국인의 마지막 카드가 '너 죽고 나 죽자.'라는 걸 알 리가 없지요. 결국 두 사람은 다 죽고 말았습니다. 한국인이 아니면 저질러지지 않는 극한적 선택입니다.

OECD 국가 중에 자살률 1위라는 불명예는 그냥 얻어지는 타이틀이 아닙니다. 한국인으로 살아간다는 것이 얼마나 힘든지 짐작할 수 있는 대목입니다.

뒷마당 화단에 심은 배추가 국 끓여 먹을 만큼 자랐습니다. 화분에 심은 상추는 한국 식품점에서 한국 상추라고 해서 모종을 사다가 심은 겁니다. 흙에 지렁이도 있고 어느새 벌레가 배추 잎을 갈아 먹었더군요.

자리를 마음대로 옮겨 다닐 수 없는 식물은 그 자리에서 모든 스트레스를 다 이겨 내야 합니다. 온실에서 기른 식물보다 밖에서 모진 비바람과 추위, 벌레들의 습격, 비좁은 틈에서 경쟁적인 공간 확보, 이런 스트레스를 스스로 이겨낸 식물이 풍부한 면역력과 영양가가 있다고 들었습니다.

한국인은 들에서 자란 식물처럼 스트레스에 강하고 이겨내는 힘도 특출난 것 같습니다. 열심히 일해 온 지난날들로 하여금 오늘날 보람을 느끼며 사는 게 얼마나 행복한 삶이던가요.

2세 젊은이들은 우리 세대보다 덜 노력하는 것같이 보이기도 하고, 아이들은 혼자 자라서 자기만 위해 달라는 게 버릇없어 보이기도 하지만 자기들도 다 같은 한국인의 DNA를 타고 났는데 다를 게 뭐가 있겠어요.

한국인으로 살아간다는 건 예나 지금이나, 우리나 아이들이나 고달프고 힘들기는 마찬가지입니다.

존 스타인벡 문학관을 방문하고서

'Steinbeck Festival'이 매년 8월 첫 주에 살리나스에서 열립니다. 살리나스는 농장 지대로서 스타인벡이 살던 시절이나 지금이나 크게 변한 게 없는 것 같습니다. 딸기밭이 끝없이 펼쳐진 벌판에는 딸기가 한창이었습니다. 살리나스 딸기는 크기로 유명합니다. 어떤 딸기는 어른 주먹만큼 큰 딸기도 있습니다.

'국립 스타인벡 문학관'은 생각보다 잘 꾸려져 있습니다. 존 스타인벡은 스탠퍼드 대학에 입학해서 공부보다는 글 읽기와 쓰기에만 치중하다가 중퇴했습니다. (학자금 문제도 있기는 했었지만…….)

1930년 대공항이 닥쳤을 때 살리나스 일대의 농장을 배경으로 파업을 조직하는 공산주의자들을 묘사한『승산 없는 싸움』, 농업 기계화에 밀려 서부로 향하는 조드 일가의 빈곤한 삶의 투쟁을 그린『분노의 포도』등 사회주의적 사상이 농후한 작품을 출간했습니다. 그로 인하여 미국 사회에서 금서 운동 내지는 그의 책을 다 불사르는 소동까지 벌어졌습니다.

문학관에서 스타인벡을 설명하는 안내인도 그의 사상을 옹호하느라고 진땀을 빼는 모습을 볼 수 있었습니다.

"항간에서는 그가 공산주의자이다, 뭐다, 말들이 있지만 아무 근거 없는 이야기들입니다. 그의 첫 번째 부인 캐롤은 공산당에 가입한 사실이 있습니다. 그러나 존은 가입한 일이 없고 오히려 그의 서류에는 민주당에 가입한 기록만 있을 뿐입니다. 군에서 그의 뒷조사를 해 보았으나 혐의점을 찾지 못했습니다. 그를 아는 사람들에게 다 물어보았으나 별다른 징후를 찾지 못했습니다. 다만 그의 작품을 보는 시각이 다를 뿐입니다."

하지만 그가 군에 지원했다가 부적격 판정을 받은 일이라든지, 여권을 신청했다가 거부당한 사건은 그의 사상을 의심하지 않을 수 없습니다. 물론 다른 한편으로 1930년 당시 세계적으로 공산주의가 추앙받던 시대였다는 것도 고려해야 합니다.

대공황으로 먹을 게 없었던 미국도 예외가 아니었습니다. 많은 노동자가 공산주의를 선망했었고 공산당을 결성해서 그 잔해가 불과 수년 전까지만 해도 존재했었습니다. 2005년에 와서야 LA에 있던 공산당 사무실이 마지막으로 문을 닫았다는 뉴스가 보도된 바 있습니다. 한국도 이와 유사해서 1930~1940년대에는 많은 문인이 공산주의에 심취해 있었으니 말입니다.

존 스타인벡은 늘 책을 읽으면서 메모를 해 놓는 습관이 있었습니다. 그것도 책 가장자리 여백에다가 낙서 같은 메모를 여기저기 써 놓았습니다.

또한 그는 세 번 결혼했습니다.

첫 번째 부인 캐롤 헤닝(Carol Henning)은 편집인이었습니다. 가난했던 결혼 초부터 존의 작품 활동을 도와주고 타자를 쳐 주고 『분노의 포도』라고 하는 작품명도 그녀가 지어 주었습니다.

로스가토스, 지금의 실리콘 밸리에 새집을 짓고 12년을 같이 살았습니다. 이혼하고도 많은 세월이 흐른 후 스타인벡이 노벨상을 받았을 때 그녀는 축전을 다음과 같이 보내기도 했습니다.

"이러한 경사가 있으리라는 것을 오래전부터 알고 있었습니다."

글은 글을 읽는 사람들만이 알아볼 수 있다는 것을 새삼스럽게 느끼게 하는 대목입니다.

두 번째 부인 그윈돌린 콩거(Gwyndolyn Conger)는 스타인벡의 어린 시절 친구였으면서 직업 가수였습니다. 스타인벡이 그녀에게 사랑이 불붙기 시작해서 곧바로 전처와 이혼하고 새로 결혼했습니다. 그러나 두 아들을 낳았으면서도 5년 만에 이혼하고 말았습니다. 두 아들은 지금 생존해 있습니다. 작품 『에덴의 동쪽』에 등장하는 인물 캐티가 지닌 악의 근원은 부인 그윈돌린의 반복되는 부정 행위와 배신에서 얻은 경험이 그 바탕이 되었습니다.

세 번째 부인 일레인 스콧(Elaine Scott)은 할리우드에서 배우이면서 스테이지 매니저로 성공한 인물이었습니다. 두 사람은 카멜 비치에서 만나 행복한 결혼 생활을 했고 돈독한 친구 관계였습니다. 그녀는 스타인벡이 죽은 후에 그의 문학 작품 집행인이기도 했습니다. 살리나스에 있는 스타인벡 가족 묘지에 같이 묻힌 여인입니다.

존 스타인벡은 1940년 퓰리처상을 받았고 1962년 노벨 문학상을 받았습니다. 미국인으로서는 6번째 문학상이었습니다. 존은 수줍음이 많은 사람이었습니다. 그는 사람들 앞에서 연설하기를 싫어했습니다. 노벨상 수상식에서 한 연설이 그의 생애를 통해서 가장 훌륭한 연설이었다고 회고합니다.

'국립 스타인벡 기념관'이 자리 잡고 있는 살리나스 이웃에 가면 그가 어린 시절 살았던 생가가 있습니다. 110년이나 된 고옥이지만 지금도 아름답게 치장해 놓았습니다. 빅토리안 스타일의 집은 상인이었던 J. 코너라는 사람이 1897년에 지었고 존의 아버지가 사서 이사했습니다. 1973년까지는 존의 누이가 살았습니다. 1973년 소유권이 살리나스 부인회로 넘어왔고 지금은 부인회에서 관광객에게 개방하고 있습니다. 이곳에서 일하는 사람들은 자원 봉사자들로 식당과 기념품점을 하면서 생가 유지비를 조달하고 있습니다.

안내인이 가리키는 2층 방이 존의 방이었습니다. 존은 그 방에서 첫 단편을 집필했습니다. 바로 밑 1층 방이 존이 태어난 방입니다. 거울이 달린 장롱 같은 가구들이 그대로 보관되어 있습니다. 당시에는

TV도 없어서 저녁에는 식구들이 벽난로가 있는 응접실에 모여 앉아 이야기를 나눴습니다.

작가는 누구나 그러했듯이 존도 어려서부터 책 읽기를 좋아했습니다. 존의 가정은 어머니가 초등학교 교사였고 아버지는 시 재무관인 전형적인 중산층이었습니다. 존은 성장해서 서른 살이 될 때까지 온전한 직장이 없었습니다. 2층 자기 방에서 글이나 쓰면서 지내다가 첫 작품을 출간했습니다.

존의 어머니가 책방을 찾아다니면서 그의 책을 팔아 달라고 부탁하면 번번이 거절당했습니다. 바닥 서민들의 고초를 그리는 이야기는 팔리지 않는다는 게 이유였습니다.

사후에 스타인벡은 어머니 가계가 묻혀 있는 살리나스 가족 묘지에 잠들었습니다. 외가 쪽 해밀턴이라는 가족 묘지에 스타인벡의 부모도 있고, 그와 그의 세 번째 부인 일레인 스콧이 같이 묻혀 있습니다.

존 스타인벡을 노벨 문학상 대열에 올려놓는 데 가장 큰 역할을 했던 『에덴의 동쪽』 제목은 구약성서 창세기에 나오는 카인이 아벨을 죽이고 에덴의 동쪽으로 도망갔다는 구절에서 따온 것입니다. 원주 박경리 문학관에 들렀을 때 선생께서는 지금까지 써 온 작품들은 『토지』를 쓰기 위한 연습이었다고 했습니다. 존 스타인벡 문학관에서도 지금까지 써 온 작품들은 『에덴의 동쪽』을 쓰기 위한 연습이었다고 합니다.

『에덴의 동쪽』은 영화로 만들어지면서 더 유명해졌습니다. 잘생기고 반항아 같은 이미지를 지닌 젊은 제임스 딘의 처녀 출연이기도 합니다. 이 영화 한 편으로 세계 젊은이들의 우상이 되었던 딘은 영화 '자이언트'를 한 편 더 찍고 교통사고로 사망하고 말았습니다. 그의 나이 24세였습니다. 존 스타인백이 묻혀 있는 가족 묘지가 '에덴의 동쪽'을 촬영한 현장이기도 합니다.

그가 평소 하던 말 중에서 인상적인 말이 기억에 남습니다. "맥주의 첫 모금보다 더 좋은 맛은 없다."와 "들어 줄 사람들에 관한 이야기가 아니면 그들은 들으려 하지 않으리라."입니다.

오늘날 한국의 젊은 세대가 잘사는 현재만 보고 과거 어려웠던 시절을 모르듯이 화려한 미국만 보고 살아온 나에게 미국도 가난하고 힘들었던 시절이 있었다는 사실을 일깨워 주는 하루였습니다.

한국은 정말 복 받은 나라

하루는 낮과 밤이 반씩 나누어져 있어서 낮에는 일하고 밤에는 잠을 잡니다. 그렇게 알고 있고 그렇게만 살아와서 낮과 밤의 길이를 한 번도 의심해 보지 않았습니다.

오래전에 에드먼턴 캐나다에서 사는 친구를 방문했다가 북극권의 낮과 밤은 길이가 다르다는 걸 알게 되었습니다. 여름에는 낮이 길고 밤은 네 시간에 불과하나 그 짧은 밤 역시 훤해서 딱히 밤이라고 할 수 없습니다. 겨울에는 그와 반대로 낮은 거의 없고 밤만 계속됩니다. 북유럽 핀란드 헬싱키에 갔더니 그 나라도 북극권에 속해서 낮과 밤의 길이가 달랐습니다.

핀란드 인구는 530만에 불과합니다. 그중에 1/10이 수도 헬싱키에서 살고 있습니다. 핀란드 정부의 고민은 인구 감소 현상입니다. 아이는 하나밖에 낳지 않는 데다가 태양 없는 겨울이 너무 길고 추워서 따뜻한 나라로 이주해 가기 때문에 인구 감소 문제는 매우 심각하다고 합니다.

겨울에는 밤만 있고 낮은 없는 거나 마찬가지입니다. 오전 11시쯤부터 날이 밝아오다가 오후 3시면 어두워집니다. 그러니 깜깜한 밤에 출근했다가 깜깜한 밤에 퇴근하는 겁니다.

거기다가 춥기는 얼마나 추운지 바다가 1.5m 두께로 얼어붙습니다. 밖으로 나간다는 건 엄두도 낼 수 없고 실내에만 있어야 합니다. 실내에서도 추워서 사우나 가마 속으로 들어가야 합니다.

핀란드는 사우나가 매우 발달해 있습니다. 사우나 역사만도 2,000년이 넘는다고 합니다. 도시에는 공중 사우나가 있고 시골로 가면 집집에 사우나 없는 집이 없습니다. 친지나 가족끼리는 스스럼없이 다 벗고 같이 사우나를 합니다. 어려서부터 사우나를 하다 보니 일상생활 중의 하나가 되고 말았습니다. 옛날에는 아이도 사우나에서 낳았으나 지금은 아이가 세 살이 되면 사우나에 데리고 들어갑니다.

기나긴 겨울, 너무 추워 모든 게 꽁꽁 얼어붙은 들과 바다, 낮이나 밤이나 어둠 속에서 지내야 하는 북쪽 나라들을 보면서 한국이야말로 지구 위에서 노른자위에 있다는 걸 새삼 확인해 봅니다. 밤과 낮이 알맞게 구분되어 있고 계절이 때가 되면 바뀌고, 산과 강이 어우러져 사람 살기에 이보다 더 좋은 땅이 어디에 있겠어요.

한국은 복 받은 나라입니다.

어른들로부터 우리나라는 금수강산이라고 들었습니다. 책에서도 삼천리 반도 금수강산이라고 읽었고 학교에서도 그렇게 배웠습니다. 그렇게 배웠으니 그런가 보다 하고 살았습니다. 그러다가 1970년 미국 서부 지역을 여행하고 그랜드 캐니언까지 보고 난 다음에는 의문이 들었습니다. 한반도가 금수강산이라는 말은 자화자찬이거나 교육 용어에 불과하다는 생각도 들었습니다.

하지만 세월이 흐르고 지구를 돌아다녀 보고 나서야 한반도의 물처럼 좋은 물은 세상에 없다는 걸 알게 되었습니다. 맑고 깨끗한 물만 보았으니 물은 다 그런 줄만 알았는데 그렇지가 않더군요. 뿌옇거나 흙탕물 아니면 흐린 물이 대부분이었습니다. 하다못해 이웃 나라 북경에서도 맹물로는 마실 수 없어서 차를 넣고 끓여야만 합니다.

한국에 갈 때마다 목욕탕에 다녀오고 나면 피부가 한결 부드럽고 매끈해집니다. 나처럼 수분이 부족해 허옇게 거칠어지면서 각질이 일어나 보기에 안 좋은 피부도 한국에서 목욕하고 나면 로션을 바른 것처럼 윤기가 흐르고 매끄러워집니다.

미국에서는 그나마 물이 좋다는 북부 캘리포니아에서 오래 살아왔습니다. 샌프란시스코는 요세미티 국립공원에서 흘러 내려오는 물을 파이프로 연결해서 끌어다 쓰고 있습니다. 하지만 물맛이 없어서 마시고 싶지도 않고 생수를 늘 대놓고 삽니다. 높고 깊은 시에라 산맥에서 눈이 녹아 흘러 내려오는 물입니다. 그런데도 비누칠을 하고 물로 씻으면 금방 뻣뻣하게 피부가 거칠어집니다. 목욕물에 식초를 타서 쓰기도 합니다. 그렇다고 별반 나아지는 것 같지도 않습니다. 로션을 바르고 피부 관리를 하지 않으면 볼썽사납습니다.

옛날 어머니의 말씀이 빗물을 받아서 쓰면 미끄럽고 부드러워 빨래가 때도 잘 빠지고 희게 된다고 하셨는데 눈 녹은 물도 빗물인데 어째서 캘리포니아 물은 거칠고 뻣뻣한지 모르겠습니다. 하늘에 있는 물이야 다 같은 물이겠으나 산 계곡을 따라 흐르는 동안 광물질이 섞어 물의 성분이 바뀐 게 아닐까 짐작할 따름입니다.

오늘에 와서야 한반도는 물이 좋다는 어른들의 말씀이 실제로 받아들여집니다. 지구상 어디에도 한반도처럼 아름다운 강토는 없습니다. 물 좋고, 산 좋고, 기후 좋고, 물 많고, 산 많고, 햇볕 많고, 인심 좋은 땅. 이보다 좋은 땅은 없습니다. 과연 '금수강산'입니다. 한국은 정말 복 받은 나라입니다.

봄이 오면 산과 들은 온통 새 생명의 잔치판이 되고 맙니다. 푸릇푸릇 돋아나는 새싹이 퍼뜩 보기에 다 풀 같아 보이지만 자세히 보면 봄나물들입니다. 세상 어디에도 우리나라처럼 나물의 종류가 많은 나라도 없습니다. 쑥, 냉이, 달래, 씀바귀, 두릅, 취나물, 머위, 돌나물, 참나물, 봄동, 원추리, 돌미나리, 꽃다지, 곤드레 나물, 질경이 등등 봄에 나는 나물만도 다 셀 수가 없을 지경입니다. 여름, 가을, 겨울 다 치면 적어도 수십 가지는 되지 싶습니다.

지구상에서 나물을 먹는 사람들도 우리 민족밖에 없습니다. 사실 나물은 일종의 풀입니다. 풀이나 잎사귀를 삶거나, 볶거나, 날것으로 양념하여 무쳐 먹는 기술이 유난히도 발달한 나라가 우리나라입니다.

예로부터 우리 조상님들은 들에서 자라는 식물 중에서 먹을 수 있는 식물만 골라서 맛과 향을 끌어내는 재주가 유별났습니다. 고사리도 순만 따서 삶아 말렸다가 먹는다든가, 호박잎도 어떻게 하면 먹을 수 있다든가, 감자 순은 못 먹고 고구마 순은 먹을 수 있다는 것도 다 알아냈으니 말입니다.

조상님들의 식품 개발 중에 가장 뛰어난 업적은 불후의 명작인 인삼의 개발입니다. 인삼의 효능, 약효를 알아냈고 오래 보관하기 위해 건조했습니다. 그리고 효력을 극대화하기 위해 홍삼이라는 걸 개발해냈으니 이 어찌 놀라지 않을 수 있겠어요.

도토리만 해도 그렇습니다. 세상 어디서나 볼 수 있는 흔해 빠진 도토리는 여러 민족의 식량 노릇을 톡톡히 해냈습니다. 아메리카 인디언들은 도토리 가루를 내서 빵처럼 익혀 먹는 게 고작이었습니다. 그러나 우리 조상님들은 한 단계 더 개발해서 묵으로 만들었습니다.

지금은 지구촌이 좁아지다 보니 세상 어느 나라 음식도 다 맛보고 먹을 수 있습니다. 전 세계 식재료라는 게 그게 그거여서 굽거나, 튀기거나, 삶거나, 볶는 정도로 익혀내면 맛있는 음식은 맞습니다. 그리고 누구나 다 만들 수 있습니다. 그러나 세상 누구도 만들 수 없는 나물 음식은 오로지 한국에만 있습니다. 세계 여행을 하면서 가는 나라마다 시장에 들러 보지만 나물을 팔고 있는 곳은 못 봤습니다.

내가 사는 캘리포니아에는 우리가 먹는 나물 종류가 자라지도 않습니다. 우리가 먹는 그 많은 종류의 나물들은 한국에만 존재하는 식물들입니다. 예를 들어 미국에도 산삼이 있기는 하지만 약효가 거의 없는 삼 뿌리입니다. 쑥도 있다고 하지만 향이 없습니다. 고사리는 많은데 줄기가 굵고 싱거워서 한국 고사리처럼 고소한 맛이 없습니다. 세계 누구도 흉내 낼 수 없고, 먹어 볼 수도 없는 진기한 나물 요리를 한국인들은 싸게 마음껏 즐길 수 있으니 얼마나 행복한 삶인가요. 세계인이 다 좋아하는 비빔밥이 나물의 발달에서 시작됐다는 사실 아시지요.

그 많은 나물 종류가 빠짐없이 자라는 한반도는 정말 복 받은 땅, 복 받은 나라입니다.

1년 4계절 중 가을이 가장 아름답고 살 만한 계절입니다. 가을은 시인의 계절이라고 했던가? 아니면 모두가 시인이 된다고 했던가?

아무튼 가을은 시인과 관계가 깊고 가을과 시인은 쓸쓸하다는 공통점이 있습니다.

샌프란시스코의 가을은 한국보다 한 달 정도 늦게 찾아옵니다. 12월로 접어들면서 가을이 왔나 하면 미처 느껴 볼 겨를도 없이 금세 지나가고 맙니다. 가을은 나뭇잎이 물들고 헤아릴 수 없이 많은 잎이 땅에 떨어집니다. 이것이 가을이 지나가는 모습입니다.

어젯밤 기온이 뚝 떨어지더니 아침 공기가 너무 쌀쌀해 한 겹 더 껴 입고 문밖으로 나섭니다. 차가운 공기가 가을과 부딪치면서 한겨울 같은 느낌에 얼마 남지 않은 나뭇잎마저 떨어집니다. 낙엽을 밟으며 숲길을 걸어봅니다. 투두둑 도토리 떨어지는 소리도 들립니다. 가을이 지나가는 소리입니다.

잎사귀는 그동안 같이 지내 온 나뭇가지와 이별하기 위해 옷을 갈아입습니다. 빨갛고 노란 옷으로 곱게 차려 입고 마지막 작별을 고하며 손을 놓습니다. 하루하루 짙어가고 시간마다 변해 가는 고운 빛은 어디서 왔다가 어디로 가는지.

단풍이 꽃보다 아름다운 까닭은 한번 지고 나면 그만 다시는 돌아오지 않는 이별이기 때문입니다. 꽃을 보고 올 때는 기쁜 마음으로 오지만 단풍을 보고 올 때는 아쉬운 마음으로 옵니다. 다시 보러 간들 그 자리에 없기 때문입니다. 마치 인생이 한 가닥 아름다운 단풍인 것 같은 생각도 듭니다.

지구상에 수많은 나라가 존재하지만 가을 단풍을 즐길 수 있는 나라는 몇 안 됩니다. 미국과 캐나다의 동북부 지역, 그리고 일본과 중국의 북부 지역뿐입니다. 지구상에 온 영토가 가을 단풍으로 물들어 버리는 나라는 오로지 한반도밖에 없습니다. 백두산에서부터 한라산까지 골고루 단풍으로 물들어 가는 강토가 얼마나 아름답던가요.

다시 말하지만 한국은 정말 복 받은 땅, 복 받은 나라입니다.

한국과 미국의 성형 수술, 피부 미용 차이점

일전에 한국 TV를 보다가 대학교 졸업반 여학생의 이야기를 듣고 크게 충격을 받았습니다. 집이 가난해서 학비 융자를 받고도 아르바이트를 해야 한다면서 맥주집에서 알바하는 모습을 보여 주었습니다. 새벽 5시에 집에 돌아오면 잠시 눈을 붙일 사이도 없이 아침도 못 먹고 학교로 갑니다. 학자금 융자 빚이 많다고 합니다. 졸업하면 곧바로 취직해야 한다며 걱정이 태산이었습니다. 취직해서 돈 벌면 무엇부터 하겠느냐는 질문에 빚도 갚아야 하고, 효도도 해야 하고, 그보다는 성형 수술을 먼저 해야겠다고 하는 말에 충격을 받았습니다. 성형 수술이 우선순위로 꼽히는 사회, 그것도 엘리트 교육을 받고 사회로 진출하는 여정에서 첫 번째로 선택해야 하는 다급한 요건이라는 것에 놀라지 않을 수 없었습니다. 남들이 하니까 나도 해야 한다는 사회 분위기가 매우 충격적입니다.

TV에서 보여 주는 그녀는 괜찮아 보였습니다. 오히려 화장을 안 해서 보기에 자연스럽고 순수해 보이기까지 했습니다. 중고등학생이

방학을 기다렸다가 성형 수술을 하는 게 보편화되었다니 기가 막힌다는 생각도 들었습니다. 이것은 분위기에 구속받는 삶이지, 결코 자유를 누리는 삶은 아닌 것 같습니다.

나는 미국에서 두 딸을 낳아 길렀습니다. 다 커서 시집을 가도록 성형 수술이란 말을 들어 보지 못했습니다. 내가 세상을 잘못 알고 있는 게 아닐까 해서 두 딸에게 물어보았습니다. 매년 모교 고등학교 졸업생이 500여 명이니까 그중 절반은 여학생입니다.

"고등학교에 다닐 때 누가 성형 수술을 했다는 이야기 들어 본 일이 있니?"

두 딸 모두 들어 본 일이 없다고 합니다.

"그러면 지금까지 살면서 너희들 친구나 아는 사람 중에서 성형 수술을 했다는 이야기 들어 본 일 있니?"

아무도 들어 본 일 없다고 합니다. 그러면서 작은딸이 LA 할리우드에 있는 배우들은 많이 하는 것 같다고 하더군요.

미국에서의 성형 수술은 의미 그대로 성형 수술입니다. 비정상적인 부위를 정상으로 고쳐 주는 행위이지요. 여성들이 주로 받는 성형 수술로는 얼굴에 비해서 코가 너무 크다든가, 유방이 너무 커서 정상으로 돌려놓는 그런 정도입니다. 그러면 미국인들은 한국 여자들이 감쪽같이 성형 수술을 했다는 사실을 모르는가? 그렇지 않습니다. 미국인들이 말을 안 해서 그렇지 다 알고 있습니다. 지금은 글로벌 세상이 아니던가요?

몇 달 전에 서울 압구정동의 모 증권 회사 지점장을 만나 같이 점심을 먹었습니다. 십여 년 만에 만났는데 그의 얼굴을 보는 순간 그만 깜짝 놀라고 말았습니다. 20년은 더 젊어 보였습니다. 얼굴 피부에 티 한 점 없고 주름살 하나 없이 팽팽하더군요. 약간 홍조를 띠고 있어서 그렇지 얼굴만 보면 그럴듯해 보였습니다.

그러나 사람이 어디 얼굴만 가지고 살 수 있나요? 살아 숨 쉬는 생기가 없고 어깨가 구부정한 게 움직임 하나하나에 패기가 없어 보였습니다. 직업상 성형 수술을 했는지는 모르겠으나 자연스럽지 못한 게, 이 사람이 하는 말도 자연스럽게 들리지 않았습니다. 믿음이 가지 않았습니다.

요새 TV는 선명하고 또렷해서 얼굴 피부의 땀구멍까지 보입니다. 나는 한국 연속극을 볼 때마다 출연자들의 얼굴 피부가 그렇게 깨끗하고 고울 수가 없다는 생각이 듭니다. 어디 하나 흠잡을 데가 없는 완벽한 얼굴입니다. 성형 수술과 피부 미용이 대단히 발달했다는 것을 한눈에 알아볼 수 있습니다.

몇 년 전에 북한에 다녀온 일이 있습니다. 북한 여성들은 자연미 그대로였습니다. 우리 민족의 전통 얼굴이었습니다. 피부가 연속극 인물처럼 곱고 깨끗하지는 않으나 로션 한번 바르지 않은 피부치고는 깔끔하고 청순해 보였습니다. 얼굴에 점도 있고, 주근깨도 있습니다. 인상에 남는 것은 덧니를 가진 여성이 많다는 점이었습니다. 이번에도 딸들에게 물어보았습니다.

"친구 중에 피부 미용, 피부 관리, 박피술, 이런 거 받는다는 이야기 들어 본 적이 있니?"

두 딸 모두 들어 본 일 없다고 합니다.

"주변에 아는 사람 중에 의료진의 관리를 받고 피부가 고와졌다는 이야기 들어 본 적은?"

아무도 들어 본 일 없다고 합니다. 그러면서 패서디나에 사는 큰딸이 한국에서 온 친구는 어디에선가 받는다고 하더랍니다.

온갖 치료를 다 해서 피부를 곱게 해 놓고 망가질까 봐 건강에 좋은 태양과 자연을 즐기지 못하고 포기하면서 스스로 구속하는 삶이 누구를 위한 삶인가요?

한국인들은 꾸미고 가꾼 미를 좋아하지만 미국인들은 자연미를 좋아합니다. 한국인들은 희고 깨끗한 피부를 선호하지만 미국인들은 햇볕에 그을린 피부를 숭상합니다. 우리는 미국이나 유럽을 여행하며 잔디밭에서 태양욕을 즐기는 사람들을 흔히 볼 수 있습니다. 이것은 그들이 일광욕을 얼마나 좋아하는가를 말해 주고 있습니다.

인조 태닝 산업이 얼마나 발달해 있는지를 살펴보면 더욱 분명해집니다. 태닝 살롱에 태닝 베드가 있는가 하면 태닝 숍에서 태닝 로션, 태닝 오일 등 태닝에 관한 많은 상품이 개발되어 있습니다.

미국 백인들은 황갈색 피부를 좋아합니다. 실제로 백인들의 피부는 너무 희다 못해 푸른빛이 돌 정도입니다. 마치 핏기가 없는 사체 같은 느낌마저 듭니다. 그래서 태닝을 해서라도 황갈색으로 태워 놓으면 피부에 생기가 돌고 건강해 보입니다. 백인들이 태닝 베드에 들어가는 이유는 브래지어 착용했던 자국이나 삼각 내의 입었던 자국마저 없애기 위해서입니다. 한국인들은 햇볕에 타지 않으려고 요리조리 피해 다니지만 아이러니하게도 미국인들은 태닝 없이도 갈색 피부를 유지하는 한국인을 부러워합니다.

겉으로 보이는 것은 눈으로 보고 확실한 구분이 됩니다. 무엇이 잘 되었고 무엇이 잘못 되었는지 보고 고칠 수 있습니다. 그러나 보이지 않는 많은 다른 시각들, 즉 법의 시각, 문화의 시각, 미의 시각 등은 스스로 깨닫고 대처해 가는 지혜가 요구됩니다.

가서 좋은 사람 만나 사랑받아라

기내 앞 좌석 등받이에 달린 모니터 속 지도로 내가 탄 비행기의 위치가 보입니다. 샌프란시스코에서 태평양 곡선을 그리면서 건너가야 한국입니다. 한잠 자고 일어났는데, 저녁까지 먹었는데도 비행기는 지도에서 그냥 그 자리 그대로입니다. 언제 태평양을 건너려는지 까마득합니다. 지구가 크기는 큰 모양입니다. 그런가 하면 지구촌이라고 부를 만큼 건너다니기가 쉬워졌으니 지구가 좁기도 좁은 모양입니다. 비행기를 타고 푹 자고 나면 샌프란시스코입니다. 어떻게 생각하느냐에 따라 기쁨과 괴로움이 엇갈립니다.

얼마 전에 누님이 돌아가셨습니다. 누님이 살던 집을 정리하면서 쓸 만한 물건들은 친척들이 다 가져갔습니다. 나머지는 앞마당 세일을 해서 처분해 버렸고, 마지막까지 천덕꾸러기로 남아 뒹구는 건 헌 책들뿐입니다.

샌프란시스코 한인회 도서실에서 수장하고 있던 3만여 권의 책들을 물러나는 한인회장이 트럭에 실어 쓰레기장으로 보냈다고 해서 물의를 일으켰던 일이 있습니다. 그 전 한인회장은 도서관학과 출신이어서 책을 모아 한인회에 도서실을 만들었습니다. 그러나 그다음 한인회장은 1년 내내 책을 보겠다고 찾아오는 사람이 한 명도 없는 도서실이 공간만 차지하고 있을 뿐 무용지물이라면서 도서실을 없애버린 겁니다. 누구에게는 보물로 보이고 누구에게는 쓰레기로 보이는 게 책입니다.

책은 어떤 때는 귀한 대접을 받다가도 어떤 때는 괄시받는 이중적 가치를 지니고 있어서 만나야 할 사람을 만날 때 귀한 대접을 받습니다. 책도 사람처럼 운명을 타고납니다. 세상 빛도 못 보고 사라지는 책이 있는가 하면 만인의 사랑을 독차지하는 책도 있고, 수백 년이 지났는데도 여전히 귀한 책도 있습니다.

책의 탄생을 산고에 비하는 저자들의 글을 흔히 볼 수 있습니다. 일반적으로 책이 출간되면 책방으로 나와 진열됩니다. 부잣집에서 태어난 아이가 고생도 모르고 자라듯이 성공한 사람들이 쓰는 자서

전은 그 사람의 인기만큼 고생 없이 잘 팔려나갑니다.

글 쓰는 사람들은 문단에 등용되기를 갈망합니다. 그게 전부인 것처럼 여기다가도 작가가 되고 나면 베스트셀러 대열에 끼기를 소망합니다. 베스트셀러 작가가 되고 나면 50년, 100년 뒤에도 읽힐 수 있는 책이 되었으면 하고 꿈꿉니다.

한 작가의 작품이 시대적 변화에도 불구하고 독자를 유혹하는 마력을 유지하는 데는 그만의 개성적 특질이 없다면 불가능합니다. 서정주 시인은 팔순에 『민들레꽃』이라는 시집을 내면서 머리말에 '이 책의 목숨이 길기만을 바랄 뿐이다.'라고 썼습니다.

한국 근대 소설의 정수를 이어가는 작품들은 중고등학교 교과서에 실리면서 국민적 사랑을 받고 있습니다. 그러나 보편적으로 한국 작가들의 문학적 수명이 짧다는 사실을 염두에 둘 때, 박완서는 장수하는 작가 중의 한 사람입니다. 故 박완서의 산문 속에서 당신의 책이 50년이 흐른 다음에도 고서점 진열장에 꽂혀 있었으면 좋겠다는 글을 읽었던 기억이 납니다. 그렇게 오래도록 독자들로부터 사랑받고 싶다는 표현이리라 생각됩니다.

박완서는 인기 작가였습니다. 살아생전 그의 책은 잘 팔려 나갔습니다. 그래서 그랬는지 (나도 몇 번 당한 경험이 있는데) 이름만 보고 책을 사 보면 박완서의 글은 달랑 한 편만 실려 있고 나머지는 다른 작가들의 글로 채워져 있었습니다.

잘 팔리는 이름을 내세워 책을 팔아먹겠다는 출판사의 속셈이었을 겁니다. 묻혀서 팔려나간 작가 중에는 자존심이 상해하는 작가도 있겠지만, 자랑스럽게 생각하는 작가도 있을 겁니다. 요즈음 선전하는『저물녘의 황홀』을 주문해서 받아 보았더니 역시 고인의 이름을 앞세운 선전술이 엿보이는 책이었습니다. 상혼이 물들어 있다고 해서 실망했다는 이야기는 아닙니다.

나는 요즈음 곧잘 중고 서점에 드나드는 버릇이 생겼습니다. 새 책방은 말이 책방이지, 이제는 책 백화점이나 마찬가지입니다. 없는 게 없이 다 있고 책이 정신없이 많아서 어디서 무엇을 어떻게 골라야 할지 감이 잡히질 않습니다. 아무리 책이 많으면 무슨 소용이 있겠어요. 내가 읽을 책이 아니면 다 부질없는 것들입니다. 이렇게 많은 책 중에 어떤 책이 얼마나 오래도록 살아남을지도 알 수 없는 노릇입니다. 중고서점에는 한물간 책들이 꽉 들어차 있는 게 보통입니다. 한물갔다는 것은 한동안은 살아남았다는 이야기가 됩니다. 일차적으로 걸러진 책 중에서 볼 만한 게 있는지 찾아보기는 좀 쉽고도 흥미로운 일입니다. 요새는 중고 책방도 발전해서 프렌차이즈에 인터넷화되어 있는 곳도 있습니다만 중고 책방은 중고 책방대로 장삿속입니다. 예나 지금이나 중고 책방은 책을 사고팔고 합니다.

중고 책방에 드나들면서 한 가지 특이한 점을 알게 되었습니다. 인기 있는 작가의 책은 눈에 잘 띄는 곳에 몰아 놓고 팔기도 하지만 언제든지 구입해 주고 가격도 실하게 쳐 준다는 사실입니다. 책장에서 보지 않는 책들을 골라 중고 서점에 팔아 볼까 생각해 보았습니다. 아내는 그까짓 몇 푼 때문에 힘들게 들고 갈 것이냐고 손사래를 칩니다. 아내의 한마디에 나의 아이디어는 자라 모가지처럼 쑥 들어가고 말았습니다. 수개월이 지난 다음 다시 생각해 보았습니다.

중고 서점에 책을 팔아넘기는 것은 단순히 돈 때문만은 아니라는 생각이 들었습니다. 책을 처분하는 것이 아니라 누군가 필요로 하는 사람에게 돌려주는 행위라는 생각에 이르면서 실천하기로 마음 먹었습니다. 남을 도와주는 방법도 여러 가지가 있는데 반드시 무상으로 도와줘야만 하는 것은 아닙니다. 때로는 싼 가격으로 도와주면 상대도 부담감 없이 기쁜 마음으로 받아들이리라 믿습니다. 내 경험에 의하면 여기저기 책을 구하다가, 그것도 싼 가격에 구할 수는 없을까 헤매다가 그 책을 만나기라도 하면 그렇게 기쁠 수가 없습니다. 보물을 찾은 기분이 듭니다. 나의 경험이 어찌 나 혼자만의 경험이었겠어요.

큰맘 먹고 무거운 책을 들고 중고 서점을 찾아갔습니다. 카운터에 올려놓고 팔려고 한다고 했더니 멤버십이 있느냐고 묻는 겁니다. 없으면 전화가 있느냐는데 전화기를 들고 다니는 내가 아니었으니 팔아 줄 수 없다고 합니다. 본인 확인이 필요해서라네요. 할 수 없이 다시 들고 왔습니다. 책, 너의 팔자는 내 책꽂이여야만 하는 모양이구나. 다시 꽂아 놓았습니다.

머칠이 지났습니다. 내가 찾는 책이 중고 책방에 있어서 가야 할 일이 생겼습니다. 다시 무거운 책을 들고 갈까 고민이 됩니다. 가능하면 손님들이 붐비지 않는 시간을 선택해야겠다고 마음먹었습니다.

책을 시집보내는 일도 쉬운 일이 아닙니다. 인터넷에 보니 아침 9시 30분에 연다고 되어 있습니다. 일찌감치 갔습니다. 아직 문이 잠겨 있습니다. 공원 벤치에 앉아 문만 바라보고 있었습니다. 시간이 되니 젊은이가 나와서 문을 열었습니다. 부지런히 따라 들어갔습니다.

잠시 머리를 스치는 게 있었습니다. 아침 첫 손님이랍시고 와서 책이나 팔려고 든다며 재수 없다고 하는 건 아닌지. 조금은 망설여졌지만 그냥 들어가기로 했습니다.

그런데 웬걸, 벌써 나보다 먼저 책을 팔고 있는 사람이 있었습니다. 분명히 지켜보다가 문 여는 걸 보고 따라 들어 왔는데 내 앞의 저 사람은 뭐지? 한국에서는 아무리 줄을 서서 기다려도 일등은 못 한다는 건 아이러니한 일입니다. 그만큼 날고 기는 사람이 많다는 거겠지요.

다섯 권을 팔고 두 권을 샀더니 맞아 떨어졌습니다. 새로 집어 온 책은 별로 반가운 게 못 되는데 보내 버린 책은 아쉬움이 남습니다. 그동안 정이 들어서 그런가 봅니다. 책꽂이에 꽂혀 있을 때는 거들떠보지도 않다가 막상 보내고 나니 섭섭한 마음이 듭니다. 사람은 별것에 다 마음을 줍니다. 아주 오래전에 한 번 읽었을 뿐인데, 읽느라고 며칠 붙들고 있었을 뿐인데 그사이에 정이 들었단 말인가?

사람이든, 사물이든, 공간이든 서로 사귀면 사랑과 그리움이 생깁니다. 사랑과 그리움에는 괴로움이 따릅니다. 놓고 갈지언정 함부로, 강제로 이별하려 들지 말 일이라는 걸 깨달았습니다. 저지르기 전에 먼저 깨닫지 못하는 어리석음이 한스럽습니다.

오늘 보내 버린 5권의 책들에게 고합니다. 부디 가서 좋은 사람 만나 사랑받기를 바란다고.

낙산사 의상대와 홍련암

내가 양양 낙산사를 찾게 된 까닭은 사진 한 장 때문이었습니다. 우리 가족에게는 낡고 빛바랜 흑백 가족사진이 한 장 있습니다. 사진은 낙산사 의상대를 배경으로 나의 외할머니와 부모님, 그리고 두 누님과 형님이 서서 찍었습니다. 내가 태어나기 전의 사진이기에 나는 그 자리에 없습니다.

훗날 어머니에게서 그 사진의 내력을 듣게 되었습니다.

부친께서 양양군수로 재직 중이었을 때 춘천에서 살고 계시던 외할머니가 딸의 집을 방문하셨습니다. 불교에 심취해 계시던 외할머니를 위해서 낙산사 나들이에 나섰을 때 찍은 사진입니다. 그러면서 어머니가 들려주시기를 작은 암자가 바위 위에 서 있는데 그 암자에 들어가 보면 마룻바닥에 뚜껑으로 덮인 네모난 구멍이 있다고 했습니다. 뚜껑을 열고 내려다보면 밑에서 파도가 바위에 부딪치고 깨어지며 요동치는 소리가 어찌나 요란한지 가슴이 철렁 내려앉는다고 했습니다. 그리고 겁이 나서 죄를 지어서는 안 되겠다는 생각이 절로 들더라고 했습니다.

나는 언젠가 꼭 그곳에 가서 작은 암자 마룻바닥에 구멍이 보고 싶었습니다. 그리고 그 사진 속의 배경과 어머니의 이야기를 확인해 보고 싶었습니다.

88 서울 올림픽을 성공적으로 마치고 우수한 올림픽 성과에 온 국민이 들떠 있을 때였습니다. 미국에서 살다가 오래간만에 한국을 찾은 나는 차를 몰고 양양 낙산사로 향했습니다. 철 지난 낙산 비치는 한산했습니다. 낙산사 역시 지금처럼 번창해 있지 않았고 절집 몇 채만 덩그러니 서 있어 조금은 쓸쓸해 보였습니다.

궁금하게 여겼던 의상대에 가 보았습니다. 과연 의상대는 사진 속 그대로였습니다. 곁가지 없이 길게 자란 소나무가 의상대를 벗 삼아 사이좋게 서 있었습니다. 그리고 영업 사진사들이 있어서 사진을 찍어 주겠다고 했습니다. 아! 그 옛날 나의 부모님들이 이곳을 찾았을 때도 지금처럼 사진사들이 진을 치고 있었겠구나. 그렇게 남겨진 사진이라는 것을 알 수 있었습니다.

의상대에서 내려다보이는 강파른 절벽 틈바구니에 작은 암자가 보였습니다. 그 암자가 홍련암이라는 것을 직감했습니다. 내가 머릿속에서 그리고 있던 홍련암은 바다로 솟아 있는 바위들 위에 마치 누각 같은 암자가 있는 것이었는데 실제로는 바위 절벽에 겨우 버티고 서 있는 암자였습니다.

홍련암으로 들어서는 좁은 길목은 '출입 금지'라는 팻말을 목에 건 외가닥 대나무가 가로막고 있었습니다. 주변에 있는 스님이나 관계자를 만나 자초지종을 말해 주고 양해를 구해 들어가 보려고 했으나 둘러보아도 인기척은 없었습니다. 그때는 관광이 지금처럼 활성화되어 있던 시절도 아니었고 계절 역시 관광 시즌이 아니어서 한산했습니다. 먼 미국에서 여기까지 왔는데 그냥 포기하고 갈 수는 없는 노릇이었습니다.

가로지른 대나무를 넘어 텅 비어 있는 홍련암을 향해 걸어갔습니다. 암자의 규모는 머릿속에서 그려 보고 있었던 것보다 훨씬 작았습니다. 암자의 위치와 규모는 내게 큰 관심사가 아니었고, 다만 마룻바닥의 네모난 구멍이 과연 존재하느냐가 중요했습니다. 어머니나 할머니는 옛날 분들이어서 구멍을 통해 내려다보이는 작은 파도에도 겁을 먹었을 것입니다. 그러나 지금의 나는 비행기를 타고 태평양을 여러 번 날아다니며 높은 하늘에서 지구를 내려다보아도 아무렇지 않았는데 그까짓 구멍 속으로 보이는 파도에 겁을 먹는다는 것은 난센스라고 생각했습니다.

암자가 작은 만큼 실내 역시 협소했습니다. 좁은 방은 기품 있게 잘 꾸려 놓았고 마룻바닥은 반질반질하게 닦여 있습니다. 듣던 대로 마룻바닥에는 꼭 맞는 뚜껑으로 덮인 네모난 구멍이 있었습니다. 손바닥 반만 해서 내가 상상하고 있었던 구멍의 크기보다 훨씬 작았습니다. 마룻바닥에 작은 구멍을 확인하는 순간 어머니와 할머니가 그곳에 앉아 계시는 모습을 보는 것 같았습니다. 나는 얼른 안으로 들어가 뚜껑을 열고 마루 밑을 내려다보았습니다. 구멍이 작아서 이마가 마룻바닥에 닿아야 겨우 들여다볼 수 있었습니다. 구멍을 통해서 내려다 본 광경은 마치 카메라에 달린 사각의 작은 렌즈를 통해 내다

보는 것 같은 느낌이었습니다. 카메라 렌즈를 통해 사물을 보면 가상의 세계를 보는 것과 같은 착각에 빠져드는 때가 있는데 바로 그런 현상이었습니다.

절벽 밑 바위 틈 사이로 파도가 부딪치고 부서지면서 흰 거품을 일으켰습니다. 그리고 파도 부서지는 소리가 우루룽, 쿵 하고 들렸습니다. 문간방만 한 암자 단상의 보살님이 나를 내려다보고 있고, 치장해 놓은 분위기와 눈앞에서 산산이 부서져 버리는 바다, 그리고 멀리서 들려오는 육중한 파도 소리가 어우러져 정말 덜컥 겁이 났습니다. 두려움은 홀로 앉아 있는 나의 어깨를 누르며 엄습해 왔습니다. 나는 나도 모르게 자리에서 일어나 관음보살님께 참배하고 보시를 했습니다. 그렇게 하지 않을 수 없었습니다.

어머니가 들려주신 이야기 그대로를 경험했습니다. 21세기 현대 문명 속에서 자라난 나이지만 옛사람들의 지혜에 감탄하지 않을 수 없었습니다.

그리고 사반세기가 지난 후 아내에게 사진 속 가족의 역사를 보여주기 위해 다시 낙산사를 찾았습니다. 10여 년 전 대화재 이후의 낙산사는 너무나 많이 바뀌고 번창해서 마치 대궐 같은 느낌마저 들었습니다.

의상대도 옛날 의상대가 아니었습니다. 의상대로 들어가는 낮으면서도 좁았던 흙길 옆으로 키 큰 소나무들이 어우러지던 운치는 간곳없고 자동차가 드나들 수 있게 넓혀놓은 아스팔트만 휑하니 있습니다. 의상대 앞에는 테니스장보다 넓은 마당을 조성하면서 부토를 해서 높였더군요. 의상대 앞마당을 높였으니 상대적으로 의상대 자체

는 낮아져 보여서 옛날 늠름하던 정취는 찾아볼 수 없고 초라해 보이기까지 했습니다. 그나마 곁가지 없는 키 큰 소나무가 의상대 뒤편에서 버텨 주고 있어서 조금이나마 위안이 됩니다. 디지털 문명의 은덕으로 넘쳐나는 관광객들은 저마다 셀카봉을 치켜들어 자신을 찍어댑니다. 옛날처럼 영업 사진사는 없었습니다. 디지털 시대라는 게, 영상 시대라는 게 느껴야 할 감명은 없고 감성을 자극만 하는구나 하는 생각이 들었습니다. 홍련암 입구에 출입을 통제하던 가로지른 대나무는 온데간데없고 축대를 쌓아 폭넓은 길을 조성했더군요. 누구나 언제든지 드나들 수 있게 개방된 홍련암 좁은 공간은 사람들로 복작였습니다. 너나없이 구멍을 들여다보고 사진을 찍어대는 게 눈에 거슬리면서 천박해 보이기까지 했습니다. 고귀한 구멍이 훼손될까 봐 플라스틱 유리로 씌워 고정시켜 놓았더군요. 뚜껑은 아예 치워 버렸는지 없었습니다. 사람들 틈에 끼어 구멍을 통해 마룻바닥 밑을 내려다보았습니다. 절벽과 바닷물은 그대로인데 느껴오는 감흥은 없었습니다. 웅성대는 사람들 소리에 파도소리도 들리지 않았습니다. 겁도 나지 않았습니다. 그저 평범한 절벽에 물이 있어 보일 뿐입니다. 어째서 같은 장소에서 같은 구멍으로 내려다보는데 다가오는 느낌이 이렇게 다를 수 있을까? 여럿이 함께 가면 함께 가는 사람의 숫자만큼 두려움은 줄어든다는 사실을 알게 되었습니다.

사람들은 구멍의 의미가 무엇인지는 알려고 하지 않고 그저 보았다는 도장 찍기만 중요할 뿐입니다. 마치 공부보다 졸업장이 중요한 것처럼. 그때 내가 받았던 감명은 옛 성인이 남겨 놓은 지혜의 소산이었다는 것을 깨닫게 되었습니다.

돌아오다가 아쉬움이 남아 있기에 다시 뒤돌아보았습니다. 홍련암은 그대로인데 옛사람의 지혜는 간곳없고 겉모습만 덩그러니 남아 있었습니다.

품위 있는 노년 보내기

칠순을 넘어선 지도 어느새 두 해가 지났습니다. 준은퇴 상태여서 시간적 여유가 많이 있습니다.

지금 타고 다니는 차는 6년째 타고 있는 혼다 밴으로 10만 마일이나 올랐어도 나 혼자 운전석에만 앉아 다녔기 때문에 손님 좌석이나 안쪽은 아직도 새 차 같은 느낌입니다. 하지만 나이도 있고 아무래도 죽기 전까지 자동차 한 대는 더 소비해야 할 것 같아서 바꾸기로 마음먹었습니다. 이번에 차를 사면 내 인생 마지막 차가 될 것입니다.

인생의 2/3를 미국에서 살면서 여러 번 차를 바꿨습니다. 처음 미국에 와서 산 차가 폰티액 파이어버드 중고차였습니다. 그리고 지금은 차종마저 끊겨 버린 휘발유 적게 들어가는 작은 차 세비 베가로 바꾸면서 자동차 갈아타기가 시작되었습니다.

결혼을 하게 되면서 자동차는 두 대로 늘어났고, 아이들이 자라면서는 더 늘어났습니다. 내가 지금까지 미국에 살면서 바꾼 차만 무려 30여 대에 가깝습니다. 무슨 차를 그렇게 많이 샀느냐고 의아해 할 수도 있겠으나 비즈니스를 하다 보면 자동차 여러 대를 굴려야 하기도 하지만 세금 공제라는 명목이 있어서 본의 아니게 차를 사야하는 때도 있습니다. 5년이면 자동차 세금 공제 효력이 소멸되는 관계로 매 5년마다 차를 바꾸게 되었습니다.

그러다 보니 새 차는 많이 타 보았으나 소위 말하는 고급 차는 한 번도 타 보지 못했습니다. 내 체질에는 고급 차가 맞지 않는 모양이라고 자위하면서 지냈습니다. 고급 차를 보아도 타고 싶다거나 소유하고 싶은 생각이 들지 않으니 이것도 복이라면 복입니다.

어쩌다가 가정 형편을 잘 아는 친지나 친구가 벤츠나 BMW를 타고 다니는 것을 보면 한심하다는 생각이 들 때가 있습니다. 고급 차를 타려면 보험이며 관리, 유지, 수리비가 더 많이 들 터인데 어찌 감당하려는지 걱정이 앞서기 때문입니다. 반드시 나의 주장이 맞다고 할 수는 없습니다. 그래도 보편타당성을 유지하면서 사는 모양새가 보기에도 좋은 게 사실입니다. 실용주의 사고에 젖어서 살아온 내 인생을 지금 와서 고칠 수는 없는 노릇입니다. 마지막 차 역시 고급 차는 아니지만 노인이 타도 무방한 차로 골라야겠다고 생각을 굳혔습니다.

모처럼 형님이 나의 집에 들렀습니다. 며칠 전에 가벼운 차 사고가 났다고 하더니 아예 새 차를 구입해서 타고 왔습니다. 형님 역시 이 차가 인생의 마지막 차가 되겠지요.

혼다에서 생산되는 작은 SUV CR-V 모델로 전동구 드라이브에 CD

플레이어도 없고 GPS도 없이 심플한 차입니다. 노인은 복잡하고 다양한 기능이 있어도 써먹지 못하니 차라리 단순한 게 더 낫다고는 하지만 그래도 어딘가 좀 모자라 보이는 것 같은 기분이 들었습니다. 그렇다고 기능이 떨어지는 것은 아닙니다.

오늘따라 형님 얼굴에 주름살이며 흰머리가 더 많아진 것 같아 보였습니다. 깨끗하기는 하지만 유행 감각이 결여된 옷에 어깨가 전보다 더 굽어 있었습니다. 어깨를 좀 펴라고 뒤로 젖혀 줘 봤지만 그렇다고 어깨가 펴질 나이가 아닙니다. 그런 노인이 작은 SUV를 끌고 다닌다는 것이 내게는 초라하게 보였습니다.

아들이 스탠포드 대학 병원 소아과 과장이면 무슨 소용인가요. 돈 잘 벌어 호화롭게 살면서 부모에게 좋은 차 한 대 사 주지 않더냐고 은근히 반 질투, 반투정식으로 물어 봤지만 미국 현실로 자식의 인생은 자식의 것일 뿐입니다. 늙어 가는 모습이 안타깝고 품위마저 잃은 것 같아 그저 해 본 소리였습니다.

가겠다기에 먹다 남은 비아그라 한 줌 쥐어 주며 힘내라고 했습니다.

형님을 보면서 나의 생각이 바뀌기 시작했습니다. 늙을수록 품위를 유지해야겠다는 느낌이 다가왔습니다. 이번에 사는 차가 내 인생에서 마지막 차가 된다는 의미로서 고급 차를 생각하게 되었습니다.

늙음은 시들은 배추 모양 그 자체만으로도 초라해 보이는데 차리고 다니는 행색마저 번듯하지 못하다면 이것은 '영 아니다'라는 생각이 들었습니다.

미국에서 은퇴 후에 노부부가 벤츠, BMW, 캐딜락 같은 고급 차를 끌고 다니는 것은 일반적인 현상이기도 하지만 보기에도 좋습니다. 품위도 있어 보이고 잘 늙었다는 생각마저 들 정도로 이울립니다.

늙으면 과연 품위가 있어야 하는가? 늙은 사람과 품위는 어떤 관계인가?

공부를 많이 했다고 해서 품위가 돋보이는 것은 아닙니다. 돈이 많은 부자라고 해서 품위가 있어 보이는 것도 아니고요. 품위가 유전적으로 타고나는 것은 물론 아닙니다. 그가 살아온 흔적이 배어 있어야 하니까요.

히브리인들은 턱수염을 고상함과 품위와 권위의 상징으로 여깁니다. 늙지 않으면 인생의 고상함도, 품위도, 권위도 있을 수 없다고 인식하고 있기 때문입니다. 그러나 수염이 길고 늙었다고 해서 다 품위가 있는 것은 아닙니다. 품위란 사람이 갖추어야 할 인품이며 동시에 인격이니까요. 품위라고 해서 세계적으로 어떤 합의점이 있는 것은 아니지만, 유사점이 있고 서로 긍정하는 면이 있기 마련입니다. 한국에서는 품위를 사람이 지니고 있는 고상하고 격이 있는 기품이라 말합니다. 영국에서는 품위를 존경이나 명예의 질적 가치를 지키는 신분이라고 했습니다. 프랑스에서는 지식을 쌓아 가면서 꾸준히 절제와 관찰을 이어가고 연구하는 자세의 인격자를 말합니다.

의미를 되새겨 보면 품위는 정신적인 면이지, 결코 물질적인 것이 아닙니다. 정신적인 그 무엇이 몸에서 우러나올 때 기품이 있어 보이는 것이 품위라고 할 수 있겠습니다.

하지만 노숙자처럼 차려 입은 사람에게서 기품을 찾아볼 수 없듯이 어느 정도 갖출 것은 갖춰야 합니다. 전직 국회의원도 품위 유지비라는 명목으로 지원해 주는 것을 보아 품위를 지키기 위해서는 돈이 있어야 하고, 돈으로 치장을 해야 품위가 유지되는 것도 무시 못할 현실입니다. 격조 높은 생활은 아닐지라도 나이에 맞는 품위를 유지하려면 정신만으로는 어렵고 적정 수준의 물질이 필수라는 생각이 들었습니다. 이런 저런 생각으로 나의 고급 차 구입은 합리화되어 가고 있습니다.

월요일 오후 1시에 휴고 프랑카 신부님과 약속이 있습니다. 그의 거실과 침실에 있는 창문 커튼을 새롭게 단장하겠다고 했습니다. 거실도 그렇지만 침실도 단순하고 고요했습니다. 사진과 책이 몇 권 놓여 있을 뿐 흔한 TV도 없었습니다. 다양한 물건들로 발 디딜 틈 없이 꽉 차 있는 나의 방만 보다가 신부님의 텅 빈 방을 보니 마치 모텔 방에 들른 것 같은 기분입니다. 쓸쓸하고 한가한 침실처럼 신부님도 한가하겠구나 하는 생각이 들었습니다.

그러나 짐작했던 것과는 달리 매우 바쁘다고 합니다. 미사는 물론이거니와 하루에 8차례 정도 세례를 줘야 하고, 장례식도 3번이나 치러야 한답니다. 저녁에도 장례식을 치른다더군요. 멀티플 근무입니다. 아침에만 시간 여유가 있어서 매일 아침 운동 삼아 3마일 정도 걷고 있다고 했습니다. 신부님은 어딘가 지적이고 유순해 보이면서 검정색 부제 복장이 그를 정직한 사람으로 보이게끔 합니다. 내가 한국인이라는 것을 알고 프란치스코 교황님과 함께 한국에 다녀온 이야기를 해 줍니다. 한국에서 교황님이 가장 작은 차 기아 '소울'을 선택하셨다고 했습니다. 교황님이 작은 차를 타시는 것을 보고 한국인 주교님들이 타던 큰 차를 작은 차로 바꿨다는 뒷이야기도 들려주었습니다.

돌아오는 차 속에서 다시 생각은 걷잡을 수 없이 혼란스러웠습니다. 분명 사람 사는 세상에는 품위라는 이상형이 존재하는데, 어떤 사람은 품위를 유지하기 위해서 물질이 있어야 하고 어떤 사람은 그것을 무시해도 되는 것일까.

신부님의 생활상은 내게 새로운 세상과 시각을 일깨워 주었습니다. 나의 시각은 오랜 세월 동안 속물근성에 길들여져 왔다는 사실도 알게 되었습니다. 그러면서 고급 차와 품위를 결부시키는 것은 온당치 못하다는 생각이 들었습니다. 지금 타고 있는 차가 주행 거리가 높다고 치더라도 아직 잘 달리고 있는데 구태여 바꿀 필요가 있겠나 하는 생각이 점차 힘을 실어갔습니다. 자동차와는 관계없이 아름다운 문화생활을 유지할 때 그 나름대로 어울리는 품위 같은 게 우러나는 것이 아닐까? 그런 생각을 하게 되었습니다.

그러면서 김구 선생의 백범일지 한 구절이 떠올랐습니다.

"오직 한없이 가지고 싶은 것은 높은 문화의 힘이다. 문화의 힘은 우리 자신을 행복하게 하고 나아가서 남에게 행복을 주기 때문이다."

가져야 할 것은 새 자동차가 아니며 문화 가치를 지키면서 문화생활을 이어가야 한다는 것임을 깨달았습니다.

어머니와 '예수 할아버지'

미국 달력에는 추석이 빨간색으로 표시되어 있지 않습니다. 공휴일도 아닙니다. 교포들은 추석에 별로 관심이 없습니다. 올해에는 추석이 일요일에 들어있더군요. 한국 마켓에 갔다가 송편이 많이 나와 있기에 그나마 추석이라는 느낌이 다가왔습니다.

추석이면 떠오르는 것이 송편입니다. 지금이야 먹을거리들이 많아서 송편 정도는 거들떠보지도 않지만 내가 자랄 때는 송편이 귀한 음식이었습니다. 추석을 며칠 앞두고는 집안이 어수선할 정도로 바쁘게 돌아가고는 했습니다.

추석준비의 절정은 가족이 둘러앉아 송편을 빚는 일입니다. 무슨 이야기가 그리도 재미있는지 깔깔대면서 웃음이 멎을 줄 몰랐습니다. 송편을 예쁘게 빚으면 예쁜 딸을 낳는다는 말 하나만 가지고도 그렇게들 좋아하면서 웃었으니 말입니다.

요새 송편은 솔잎 향도 없고 조그마한 게 일률적으로 속에 깨만 들어 있습니다. 웃을 줄 모르는 기계가 찍어내는 송편이 오죽하겠어요. 내가 어렸을 때 송편은 크기도 하고 다양한 속이 들어 있었습니다. 대소쿠리에 담아 놓은 송편에는 솔잎이 덕지덕지 붙어 있기도 했습니다. 흰 송편과 쑥 송편이 있는데 솔잎을 뜯어내고 보면 송편 속에 무엇이 들어 있는지 어림잡아 볼 수 있습니다. 밤, 대추, 흰 팥, 깨, 흑설탕, 고구마도 들어 있었습니다. 내가 좋아하는 송편은 흑설탕이 들어 있는 송편이었습니다.

6·25 전쟁이 나기 전, 내 고향 춘천에서는 추석이면 집집이 송편을 만들었습니다. 나는 커다란 소쿠리를 들고 어머니를 따라 솔잎을 따러 산에 갑니다. 어머니는 새 솔잎만 따라고 했습니다. 새 솔잎은 파란 데 비해서 묵은 솔잎은 거무튀튀합니다. 솔잎은 따기보다는 뽑아야 했습니다. 몇 가닥 솔잎을 뽑고 나면 그중에 한두 잎은 끝에 잎집이 붙어 있습니다. 잎집을 제거하고 솔잎만 소쿠리에 담아야 했습니다. 여러 번 솔잎을 따다 보면 손가락이 끈적끈적했습니다. 솔잎에서는 솔잎 향이 진하게 풍겨 나왔습니다. 내 손에도 솔잎 향이 묻어 있었지만 싫지 않았습니다.

추석과 송편과 보름달은 떼어 놓을 수 없는 3종 세트입니다. 추석은 일 년에 한 번 어김없이 찾아옵니다. 그중에서 누구에게나 잊을 수 없는 추석은 있기 마련입니다. 내가 가장 소중하게 여기는 추석은 어렵게 살던 시절의 추석입니다.

전쟁이 끝나갈 무렵이었습니다. 피난 나갔다가 서울로 돌아와 돈암동 산동네에서 살고 있을 때입니다. 아버지는 내가 한 살 때 폐병으로 돌아가셨으니 나는 기억도 없습니다. 서른아홉 젊은 나이에 어린 나를 포함해서 네 명이나 되는 자식들을 두고 떠나는 아버님이 온전히 눈을 감을 수 있었겠나 짐작해 볼 뿐입니다.

어머니는 신장염을 앓고 계셨지만 어린 자식들을 데리고 당장 먹고살 게 없던 때라 얼굴과 손발이 퉁퉁 부은 몸으로 삯바느질을 하셔야만 했습니다. 한 입이라도 덜어내려고 위로 두 누님과 형님은 시골 친척 집으로 보내고 막내인 나만 어머니와 함께 있었습니다. 어린 마음에도 힘들어하시는 어머니를 도와 살림을 거들어야 했는데 물긷는 일은 내 몫이었습니다. 생철로 만든 물통에 물을 반만 담고 물지게 양편에 하나씩 매달고 일어섭니다. 언덕을 오르지만 힘이 든다고는 생각하지 않았어요. 길어 온 물은 부엌에 있는 커다란 물독에 부어 채웠습니다.

어려운 살림에 끼니를 늘여 가며 먹느라고 쌀은 조금만 넣고 멀건 아욱죽을 끓였습니다. 어머니는 밖에 나가 뛰어놀면 배가 금세 꺼진다고 나가 놀지 말라고도 했습니다.

그때도 추석은 어김없이 찾아왔습니다. 추석 전날이었는데 쌀독에 쌀이 한 톨도 없었습니다. 추석이라고 송편은커녕 밥도 굶게 생겼습니다. 어머니는 한숨만 쉬고 계셨습니다. 옆집에서 여러 번 쌀을 꾸어 오고도 갚지 못해서 더는 갈 염치가 없었습니다.

나는 궁리 끝에 '예수 할아버지'가 생각났습니다. 예수 할아버지는 이북에서 피난 나와 언덕 위의 집에서 살고 계셨는데 예수를 열심히 믿어서 우리는 그 할아버지를 '예수 할아버지'라고 불렀습니다. 할아버지는 집사님이라고 했고 할머니는 권사님이라고 했습니다. 할아버지는 일요일과 수요일 저녁에는 동네 아이들을 집에 모아놓고 예배를 드렸습니다. 그때 난생처음으로 예수님의 이야기를 들었습니다.

예배가 끝나고 나면 삶은 감자를 내주셔서 감자 먹으러 가곤 했던 집입니다.

빈 쌀자루를 들고 예수 할아버지네 집으로 갔습니다. 대문 앞까지는 갔으나 차마 안으로 들어갈 용기가 나지 않았습니다. 문 앞에서 기웃거리다가 그만 할아버지에게 들키고 말았습니다. 할 수 없이 죄지은 사람처럼 고개를 푹 숙이고 죽어가는 목소리로 쌀 한 양재기만 꾸어 달라고 했습니다. 예수 할아버지는 아무 말 없이 쌀 한 양재기하고 반 양재기를 더 담아 주셨습니다. 얼마나 고마운지 날아갈 것 같은 기분이었습니다.

추석날 아침에 어머니와 둘이서 흰 쌀밥을 해 먹었습니다. 평생 먹는 게 쌀밥이지만 그때만큼 맛있고 행복했던 적이 없는 것 같습니다.

나이가 들면 옛 추억이 그리워지기 마련입니다. 가난에 찌들게 살던 시절이었건만 거기서 맛본 정취와 행복만이 진정한 것이었다고 믿고 싶은 심정이 어쩌면 늙어가면서 더해 가는 향수병의 발로인지도 모르겠습니다.

서울에 갔을 때 내가 살았던 동네를 찾아가 보았습니다. 아직 재개발되지 않아서 (집은 옛집이 아니지만) 좁은 골목은 그대로였습니다. 옛날 인자하시던 '예수 할아버지'는 안 계시고 그 집터에는 구세군 교회가 서 있었습니다.

뾰족한 탑 맨 위에 십자가가 서 있는 것이 마치 '예수 할아버지' 같아 보였습니다.

어머니를 여읜 지도 어언 반세기가 넘었습니다. 허공에 덩그러니 떠 있는 추석 달을 보면서 어머니를 그려 봅니다. 한국에서 보는 달이나 미국에서 보는 달이나 그 달이 그 달입니다.

오늘이 추석이라고 송편을 사다 먹었습니다. 나의 어머니는 나보다 젊습니다. 나는 돌아가신 어머니 나이보다 두 곱은 더 살고 있습니다. 어머니가 사시던 그때는 먹을 게 부족했지만 그 나름대로 재미도 있었습니다. 도깨비 이야기며 귀신 이야기에 푹 빠지던 추억이 그립습니다. 등잔불 밑에서 '예수 할아버지'의 성경 이야기가 옛날이야기처럼 들렸었습니다. 가난해도 좋으니 그 시절로 돌아갈 수만 있다면 가고 싶습니다.

너무나 긴 세월이 흐른 지금 나는 아들, 딸, 며느리, 사위 그리고 손자들까지 대가족을 이루고 있습니다. 내 가족 중에 나의 어머니를 본 자식은 아무도 없습니다. 내 어머니는 나 혼자만의 어머니입니다. 칠순이나 된 나이에 어머니가 그립다고 훌쩍인다면 가족 중에 누가 나를 이해하겠어요.

2층 발코니로 나가 둥근 추석 달을 바라봅니다. 까맣게 잊고 지냈던 김소월의 시가 불현듯 떠오릅니다.

봄가을 없이 밤마다 돋는 달도
'예전엔 미처 몰랐어요'
이렇게 사무치게 그리울 줄도
'예전엔 미처 몰랐어요'
달이 암만 밝아도 처다볼 줄은
'예전엔 미처 몰랐어요'
이제금 저 달이 설움인 줄은
'예전엔 미처 몰랐어요'

김소월 '예전엔 미처 몰랐어요' 중에서

달님은 예나 지금이나 그대로인데 세상은 상상도 못할 만큼 바뀌었습니다. 살다 보니 먹을 게 너무 많아서 한 번도 배고파 본 적이 없습니다. 먹고 싶은 건 다 먹고 삽니다.

어머니는 누구보다도 송편을 예쁘게 빚었습니다. 또 어머니는 송편을 무척 좋아하셨습니다. 일 년 내내 송편을 먹을 수 있다면 좋겠다고 하셨습니다. 어머니는 미역국과 떡국도 좋아하셨습니다. 일 년 내내 미역국과 떡국을 먹을 수 있으면 좋겠다고 하셨습니다.

드디어 어머니가 바라시던 그런 시대가 왔습니다. 송편, 미역국, 그리고 떡국을 일 년 내내 먹을 수 있는 세상이 되었습니다. 좋은 세상은 왔건만 어머니는 안 계십니다. 가난해서 먹을 게 없어 굶주리시던 어머니를 기억해 봅니다.

거실에는 자식, 손자들이 다 모여 있습니다. 자식들은 맛없다고 안 먹고, 다이어트 중이라고 안 먹고, 먹을거리가 사태가 났습니다. 세상이 변했다지만 어쩌다가 먹을 게 너무 많아서 어떻게 하면 덜 먹을까 고민하는 세상이 올 줄을 감히 누가 짐작이나 해 보았겠어요?

둥근 보름달이 어머니의 얼굴과 겹쳐 웃으며 다가옵니다. 어머니, 그리고 '예수 할아버지'는 내 마음에 영원히 살아서 숨 쉬고 있습니다. 지금 내 나이가 그때 말없이 쌀을 퍼 주시던 '예수 할아버지'의 연세입니다.

나도 '예수 할아버지'처럼 누군가의 심장에 영원히 남아 숨 쉬는 그런 삶을 살았으면 하는 마음이 간절합니다. 돌이켜보면 나에게 가난은 축복이었습니다. 가난이 없었다면 아름다운 추억도 감사하는 마음도 느끼지 못했을 것입니다.

스토리를 지닌 그림은 영원히 살아남는다

장 프랑수아 밀레의 '만종', 레오나르도 다빈치의 '모나리자', 추사 김정희의 '세한도' 같은 명화들은 우리에게 많은 것을 생각하게 합니다. 그림 한 폭이 그림으로 끝나는 게 아니라 한 편의 소설과 같이 아름답고도 진지한 이야기를 간직하고 있기 때문입니다.

경매에 나오는 물건들은 다 그럴 만한 가치가 있는 물건들입니다.

타이타닉 바이올린이 사상 초유의 가격에 경매에서 팔렸습니다. 세계에서 가장 훌륭한 악기 중의 하나인 이 바이올린은 자신의 목숨을 희생하면서 최후의 순간까지 연주를 계속했던 연주자의 결단력과 용기를 상징하는 나무로 된 징표이기 때문입니다.

100년 전 밤, 대서양 얼음물 속으로 기울면서 서서히 침몰하던 타이타닉 선상에서 죽기 직전까지 여객선과 함께 사라져야 할 운명의 승객들을 위해 계속 연주를 했다는 전설적인 연주자의 바이올린입니다.

예상가를 두 곱이나 뛰어넘은 가격 1,700만 달러(한화 18억 원)에 팔

렸습니다. 연주할 수 없는 낡은 악기 세트가 타이타닉 유물로서 기록적인 가격으로 영국의 경매 회사를 통해서 팔려 나갔습니다.

경매 회사 '헨리 알드리지 앤드 선'의 경매 담당관 앤드류 알드리지 씨는 "솔직히 말해 20년 경매를 하면서 경매품을 놓고 이번처럼 많은 사람이 감동하는 걸 본 일이 없습니다."라고 말했습니다. "모두 손수건을 꺼내 눈물을 닦고 있었습니다."라고도 전했습니다.

단풍나무로 만들어 치장된 바이올린은 당시 33세의 젊은 청년 월리스 헨리 하틀리 씨의 것입니다. 월리스는 7명의 악사와 함께 최후의 순간까지, 공포에 질린 승객들이 구명보트에 오르는 중에도 침착하게 연주를 해내던 용기 있는 악사였습니다.

타이타닉 사고의 개요는 이러했습니다. 1912년 4월 2일 영국에서 인류 역사상 가장 크고 호화로운 여객선을 건조했습니다. 타이타닉이라고 불리는 이 여객선은 설계부터 침몰 자체가 불가능한 구조를 띠게 만들었습니다. 여객선 하부의 구조를 칸칸이 막았기 때문에 구멍이 나더라도 그 칸에만 물이 넘칠 뿐 다른 칸으로 옮겨지지 않게 설계되었습니다. 그렇게 영국이 자랑하는 타이타닉은 1912년 4월 10일 드디어 처녀 출항에 나섰습니다. 52,310톤 급의 호화선은 정원이 3,458명입니다. 일반적으로 여객선은 만원이기 마련인데 그날은 석탄광산 노동 쟁의가 벌어지는 바람에 많은 승객이 승선을 취소하거나 연기해서 탑승 인원이 반으로 줄었습니다.

일등칸 324명, 이등칸 284명, 삼등칸 709명뿐인 승객 1,317명이 타고 있었습니다. 거기에다가 승무원 885명, 악사 7명, 그리고 보조원 10여 명까지 총 2,224명입니다. 그러나 구명보트는 7백여 명만 구조할 수 있는 수준이었습니다. 그 이유는 침몰할 수 없는 배라고 믿고 있었기 때문입니다.

배가 출항한 지 5일 만에 대서양 한복판에서 빙산과 충돌하는 사고가 발생했습니다. 설계대로라면 부딪쳐 구멍이 생긴 칸만 물이 차고 말았어야 합니다. 그런데 구멍 난 칸이 맨 앞 칸이다 보니 물이 꽉 차니까 무게에 의해서 배가 앞으로 기울어졌고, 물이 찬 칸에서 넘쳐난 물이 다음 칸을 채우고, 다음 칸에 물이 차면 넘쳐서 다음 칸으로 계속 이어져 가고 말았습니다.

결국 새벽 1시 30분에 침몰하고 맙니다. 침몰하는 과정에서 선장은 700명 분 구명보트에 아녀자 먼저 승선시킬 것을 명령했습니다. 710명은 구조되고 1,514명은 타이타닉과 함께 수장되고 말았습니다.

당시 공황 상태에 빠진 승객들을 위해 마지막 배가 침몰당할 때까지 악사들은 바이올린을 연주했다는 사실이 알려지면서 많은 사람을 감동하게 했습니다. 그리고 악사들도 1,514명 승객이 얼음 바다에 빠져 죽을 때 운명을 같이했습니다. 이 사실이 많은 사람을 감동하게 했고 심금을 울렸습니다. 바이올린이 고가에 팔리게 된 이유이기도 합니다.

월리스의 시신은 배가 침몰한 지 10일 후에 발견되었습니다. 그러나 건져낸 품목 중에 바이올린은 없었습니다. 바이올린은 2006년 영국 북부 지방의 한 다락방에서 진품으로 발견됐습니다.

바이올린에는 손잡이에 은으로 된 명패가 부착되어 있는데 거기에는 '월리스를 위하여. 우리의 약혼 기념으로. 마리아로부터.'라고 새겨져 있습니다. 마리아 로빈슨은 월리스의 약혼녀로서 그녀의 일기 속에 바이올린은 잘 보관되었다가 자기에게로 돌아왔다고 쓰여 있습니다.

그녀는 평생 결혼하지 않고 혼자 살다가 1939년 세상을 떠났습니다. 후일 그녀의 여동생이 바이올린을 구세군에 기증하였는데 구세군에서는 교인인 음악 선생에게 넘겼습니다. 음악 선생은 바이올린을 이브라는 학생에게 주었고, 이브는 마지막 소유자의 어머니입니다.

바이올린은 가죽 케이스에 들어 있었는데 가죽 케이스에는 이름의 약자 'W.H.H.'가 새겨져 있습니다. 케이스에는 다른 물품들도 있었는데 얼룩진 자국이 남아 있는 악보의 뮤직이 타이타닉에서 연주했던 그 음악입니다. 그 외에 월리스의 은색 담배 케이스와 사인이 새겨진 반지가 들어 있습니다.

경매 회사에서는 지난 7년간 많은 돈을 들여 바이올린의 확실한 출처, 과학적인 경로, 법적인 문제점, 역사 전문가에 의한 탐문 등 여러 면에서 검색을 거듭했습니다. 그리고 올해 3월에 와서야 바이올린이 진품이라는 확신을 하게 되었습니다. 금이 가고 부식된 점, 물로 얼룩진 점, 악기의 만들어진 솜씨며 법적인 결과, 편지들, 이야기 하나하나가 증명된다는 점, CT 촬영 결과 등 이 모든 정황이 일관되게 월리스 하틀리 씨가 1912년 숙명적인 그날 연주했던 바이올린이 맞다는 데 결론을 모았습니다.

이 바이올린은 지난여름 미국 몬태나 주 브랜슨에 있는 타이타닉 박물관과 테네시 주 피존 폴지에서 전시되면서 수만 명의 관람객에게 공개되었습니다. 영국에서는 타이타닉을 건조했던 벨파스트 시에서도 전시되었고 월리스 하틀리가 살았던 듀스버리에서도 전시되었습니다.

전 세계가 궁금해하는 바이올린의 판매자와 구매자는 둘 다 영국인이지만 이름은 밝히기를 거부했습니다.

바이올린의 사연을 듣고 나니 나 역시 감명을 받았습니다. 한 사람에게 감동을 준다는 것은 매우 어려운 일입니다. 수많은 사람을 감동시킨다는 것은 더욱 어렵고도 어려운 일입니다.

발레나 연극을 본다거나 오케스트라의 연주를 감상한다거나 전시회를 찾아가는 까닭은 경지에 이른 예술인들로부터 간접 감명이나마 받아 보기 위해서입니다.

예술이 위대하고 존경받는 이유이기도 합니다.

주인 잃은 전화기

정말 오랜만이다. 나의 건강은 우려했던 대로 지금까지 그렇게 좋지 않다고 할 수 있구나. 서울대 의대 정신건강학회 이동영 교수의 진단으로는 '루이체 치매'라는 병이 가볍게 스쳐갔다는구나. 치매면 치매지, 가볍게 스쳤다는 것은 무슨 말인지. 의학용 수식이⋯⋯. 앞으로 나의 병이 어떻게 될지 진단할 수는 없다. 몇 개월, 몇 년이 될지⋯⋯.

친구의 마지막 이메일을 받은 게 3년 전의 일입니다.

메일을 받고 한동안 착잡한 심정이었습니다. 치매라는 건 연속극에서나 보았지, 내 주변에도 있다는 사실을 인정하고 싶지 않았습니다. 막상 현실로 다가오고 나니 치매라는 병을 다시 생각하게 됩니다.

인간이 동물보다 위대한 까닭은 이성을 지니고 있기 때문입니다. 인간이 이성을 잃고 끔찍한 일을 저지르면 동물만도 못하다는 말도 그래서 나왔습니다.

동물에게는 치매가 없다고들 알고 있습니다. 개가 치매에 걸려 주인을 못 알아본다거나 똥인지 밥인지 구분하지 못하더란 말은 일찍이 들어보지 못했습니다. 기본적으로 치매는 인간에게만 걸리는 병인데, 이성이 사라지면서 인간의 가장 추한 밑바닥을 드러내는 몹쓸 병입니다.

소식이 끊긴 지도 오래되었습니다.

메일을 받기 얼마 전까지만 해도 태평양을 넘나드는 전화 통화를 했습니다. 통화하면서 이상하다고 느꼈던 것이 있다면 우리들의 먼 과거를 이야기해 달라는 거였습니다.

"먼 과거라니? 중학교 때 일들을 듣고 싶어 하다니 너도 참 늙었구나."

"그래, 난 늙었어. 너 기억나는 거 있는 대로 말해 봐."

둘이서 이야기를 나눠도 긴요히 해야 할 말은 없고 그저 세상 돌아가는 쓸데없는 잡담뿐이었으니 과거사 들려달라는 게 뭐 대단히 의심스러울 것도 아니었습니다.

중학교 3학년 때의 일입니다. 우리 둘은 죽이 잘 맞아 모의 끝에 무전여행을 떠나기로 했습니다. 마산에서 날은 어둡고 잘 곳이 없어서 파출소 대기실에 앉아 있었는데 어느 형사분이 우리를 허술한 여인숙으로 데려가서 잠자리를 마련해 준 일이 있었습니다.

"너 그때 그 일을 기억하니?"

기억한답니다. 그리고 더 이야기해 보라고 재촉입니다. 마치 기억을 입력시켜야 기억이 존재하는 사이보그 인물처럼 졸라댑니다.

"경주 박물관 에밀레종 앞에서 설명 듣던 일은?"

포석정에 갔더니 우리 외에는 아무도 없었던 쓸쓸한 풍경, 지도도 없이 서빙고를 찾아가던 일들, 그리고 석굴암에서 직접 석불을 만져 보면서 천년 묵은 공기를 호흡하던 일들을 기억하는지 물어보았습니다. 다 기억한답니다.

그때 울고 싶도록 배고팠던 일들을 이야기하면서 둘이 실컷 웃었습니다.

벌써 7년 전의 일입니다.

언제인가는 꼭 만나고 싶은 친구 일순위에 올라 있던 그를 만났습니다. 열아홉에 헤어지고 그 후 얼마나 많은 세월이 흘렀는지 가늠할 수도 없습니다.

그동안 인터넷을 통해서 연락이 닿아 메일이 오가면서 궁금했던 과거사를 물어보고, 내가 잘못 알고 있었던 정보는 수정해 가면서 사진도 나눠 보고 했습니다. 그럴수록 더욱 보고 싶었습니다. 나는 멀리 미국에서 살고 있으니 아무 때나 전화해서 만날 수 있는 처지가 못 됩니다.

지난 세월 그가 어디서 무엇을 하며 살고 있는지는 다른 친구를 통해서 듣고 있었습니다. 가끔 서울에 가면 만나 볼 기회도 있었지만 그가 남들보다 더 바쁜 직장에 다닌다는 사실을 알면서 선뜻 내 시간에 맞춰 불러내기에는 마음이 안 내켰습니다.

그보다는 솔직히 말해서 그에 비해 초라한 내 모습을 보여 주기에는 자존심이 허락하지 않았습니다. 그가 먼저 만나자고 하지 않는 것만도 다행이었습니다.

이제 정년퇴직하고 집에 있다니 만나도 될 것 같았습니다. 마침 내 오피스텔에서 가까운 화정동에 살고 있다기에 한가한 백석 전철역에서 만나기로 했습니다.

기다릴 요량으로 조금 일찍 전철역으로 나갔습니다. 층계를 내려가 한번 둘러보는데 내 앞에 친구가 와서 서 있습니다. 이름도 못 불러 보고 손부터 잡고 얼굴만 바라보면서 웃을 수밖에 없었습니다.

사십 년도 넘게 한 번도 만나 본 일이 없었는데도 보는 순간 첫눈에 내가 그리던 친구임을 알아볼 수 있었습니다. 없던 안경을 쓰고 좀 늙어 보일 뿐 그 모습 그대로였습니다. 나직하고 차분한 목소리며 얌전한 태도도 옛날 그대로였습니다. 세 살 버릇이 여든까지 간다던 옛말이 하나도 틀린 게 없구나 하는 생각이 들었습니다.

만나자마자 좋아지는 마음. 이건 어디서 오는 걸까. 어려서 물든 정은 긴 공백 기간을 거쳐도 변함이 없구나 하는 느낌도 들었습니다.

친구와 같이 덕수궁엘 갔습니다. 덕수궁은 간단하게 데이트하기에 안성맞춤의 장소입니다. 시내 중심가에 있고, 분위기 한적한 고궁에

다가, 미술관은 늘 새로운 전시회를 하고 있으니 언제 들러도 미술 감상의 행복감을 맛볼 수 있는 곳입니다.

같이 고궁을 걸으면서 동심으로 돌아가 비계산적인 대화에 웃음꽃을 피웠습니다. 정에는 유통 기간이 없어서 아무리 오랜 후에 만나도 그저 똑같은 정일뿐이라는 사실도 알게 되었습니다.

마침 고궁 안에 '돌담길'이라는 찻집이 오프닝 세리머니를 하고 있었습니다. 떡을 한 상 차려 놓고 하는 사물놀이패며 국악 연주가 우리의 만남을 축복해 주는 것 같았습니다.

테이프 끊은 찻집에 들러 쌍화차를 마셨습니다.

그다음 해 겨울이었습니다. 나는 인생 대부분을 미국에서 살다 보니 한국에서의 생활 풍습에 모르는 게 더러 있습니다. 아내와 함께 방문해서 머무는 한국에서의 생활은 매사 엇박자만 일으킵니다.

우리 부부는 미국식으로 살아왔기에 나의 친구는 아내도 같이 알고 있어야 하고, 아내의 친구 역시 내가 다 알고 사는 게 당연한 줄로만 믿고 있었습니다. 아내와 함께 한국에 나왔으니 내 친구를 소개해 주는 것은 기본 예의에 속합니다. 친구와 부부 동반 저녁 약속을 했습니다. 약속 장소에 나갔는데 친구는 아내 없이 혼자였습니다. 아내는 선약이 있어서 나올 수 없다고 했습니다. 예약이 펑크가 나고 말았습니다.

한국에서 남자는 남자들끼리 밖에서 만나고 만다는 걸 그때서야 알아차렸습니다. 그러고도 지금까지 친구의 부인은 보지 못했습니다.

이메일을 보냈는데도 친구는 열어 보지 않습니다. 작년에 여러 번 전화를 걸어 보았으나 신호만 울릴 뿐 받지 않습니다. 불길한 느낌이 스쳐 지나갔습니다. 친구들로부터 그 친구의 병세가 깊어졌다는 소식도 들립니다.

영원히 헤어지기 전에 한 번은 만나 보고 싶은데 방법이 없습니다. 옛날 같으면 편지 봉투에 주소가 적혀 있어서 찾아가면 되지만 지금은 그렇지 않습니다. 성냥갑을 차곡차곡 쌓아 놓은 것 같은 아파트 구멍으로 사라져 들어가면 그만입니다.

세상은 비교가 안 되리만치 발전했는가 하면, 관계를 끊어 버리는 것도 같이 발달해 있습니다. 거처도 모르면서 소통을 하다 보니 일방적으로 끊어 버리면 그만입니다.

해가 바뀌면서 조금은 조급해지기 시작했습니다. 이번 한국에 나온 김에 만나 보지 않으면 영영 못 볼 것만 같았습니다. 다시 전화를 걸었습니다. 그런데 뜻밖에도 전화를 받는 겁니다.

"야, 너 어떻게 된 거야? 지금 내 전화 받을 수 있어?"

받을 수 있다고 합니다.

"우리 나이면 청춘인데 너 뭐 하는 거야?"

"그러게 말이야."

"그러면 만나야지. 전철 탈 수 있니?"

그건 안 된답니다.

"그러면 화정역에 커피숍이 있으니 그리로 나올 수는 있지?"

나올 수 있다고 합니다.

아무래도 오전이어야 그나마 정신이 맑을 것 같아서 내일 오전 11시경이 어떠냐고 물었습니다. 내일은 주일이라 성당에 가야 한답니다. 그러면 오후나 월요일 아무 때로 시간은 네가 정해서 알려 달라고 하면서 전화를 끊었습니다.

　다음 날도, 그다음 날도 전화는 오지 않았습니다. 기다리다 못해 다시 걸었습니다. 전화를 받습니다.

　"야, 반갑다. 만나자는 시간은 정했니?"

　수화기에서는 지금 만나든지 내일 만나든지 하자는 소리가 들립니다. 친구가 자신 없이 우물쭈물하는 사이에 여자 목소리도 겹쳐 들리면서 의논을 하는 건지 옥신각신하는 건지 조금은 소란했습니다. 미국 같으면 친구와 친구 부인은 당연히 한 사람이어서 다 같이 알고 지내지만, 한국에서는 친구만 알았지, 부인은 모르는 사람입니다. 눈치가 이상해서 네가 결정한 다음에 알려 달라 하고 끊었습니다.

　그리고 그 후로 전화는 없습니다. 걸어도 받지 않습니다. 영영 받지 않습니다. 아마도 전화기를 몰수당하지 않았을까 하는 생각도 듭니다.

　치매 증상은 누구보다도 곁에 있는 부인이 가장 잘 알고 있을 겁니다. 돌보고 있는 부인의 결정이 곧 그의 결정입니다.

　스타벅스 커피숍에 앉아 창밖을 내다봅니다. 맑은 허공에서 쏟아지는 겨울 햇살이 눈부십니다. 햇살은 차가운 공기를 뚫고 다가와 뺨에 닿습니다. 헤어지는 인사라도 했으면 하는 바람으로 오늘도 전화번호를 눌러 봅니다. 주인 잃은 전화기는 울리기만 할 뿐 대답이 없습니다.

　다음날도, 그다음 날도……

아내 덕에 살고, 아내 덕에 행복한 나

캐나다 세인트 존 항구를 빠져나온 글로리아 호는 새벽안개를 가르며 미끄러지듯 나갑니다. 보스톤은 여러 번 다녀봤지만 북쪽 연안 동부 캐나다는 처음 가 보는 곳입니다. 미지의 세계로 향한다는 것은 언제나 흥분되기 마련입니다. 새로운 세계에 대한 기대와 설레임, 처음 보는 문물의 신기함은 여행이 주는 참맛입니다.

사람은 잠시나마 젊어진다는 착각에 빠지는 때가 있는데, 그 하나가 사랑할 때이고 다른 하나는 여행을 다닐 때입니다. 착각이라도 좋으니 늘 빠져 봤으면 하는 게 나의 바람입니다.

오전에 크루즈 여행을 보내 준 헌터더글라스 회사에서 미팅이 있다고 해서 잠시 들렀습니다. 배를 탄 승객이 2,200명인데 그중에서 우리 회사 그룹이 550명이나 된다고 합니다. 미팅이 끝나고 여흥으로 들어가기 전에 경품 뽑기가 있었습니다. 아내가 750달러 펀드에 당첨됐습니다. 나와는 반대로 아내는 언제나 경품이 있는 곳에서 뽑

힙니다.

나는 아내 덕에 살고, 아내 덕에 행복합니다.

날씨는 갤 줄 모르고 온종일 흐릿한 게 안개가 껴서 쌀쌀한 편이었습니다. 사람들은 실내에서 즐길 수 있는 활동으로 몰리고 있습니다. 메인 로비에서는 음악을 틀어 놓고 춤판이 벌어졌습니다. 춤 잘 추는 것도 보기에 좋고 자랑할 만도 합니다. 춤을 추지 못하는 나로서는 춤 잘 추는 사람을 보면 부럽습니다. 얼마나 신선하고 보기에 좋은가요.

안개는 바다를 껴안고 놓아 주지 않습니다. 글로리아 호는 안개 속을 헤치며 하루 종일 항해합니다. 뱃고동을 5분에 한 번씩 울리며 10노트의 속력으로 하루 낮 하루 밤을 가야 합니다.

하는 일 없이 침대에 누워 있고 싶었습니다. 점심도 거르고 누워 있는 채로 바다만 바라보았습니다. 룸 메이드의 방 청소도 거절하고 누워 있었습니다. 생각나더군요, 게으름이 얼마나 행복한지.

결혼하기 전에 나는 얼마나 게으른 사람이었던가. 어떤 때는 하루 이틀 아무것도 먹지 않고 자리에 누워 잠만 자지 않았던가.

그때가 좋았었고, 그때가 그립습니다.

결혼하고 딱 열 달 만에 아기가 태어나는 바람에 정신없이 허겁지겁 살아온 인생. 너무나 오랫동안 허겁지겁 살다 보니 이제는 허겁지겁이 정상이 되고 말았습니다. 그렇게 안 살아도 되는 지금도 매사 허겁지겁 빨리빨리 살아만 갑니다. 무엇이 뒤를 쫓아오기에 전속력으로 달려야만 하는지 나도 모르겠습니다.

아! 그립다, 게을렀던 시절이.

누워 있는 채로 시선은 창문을 통해 바다로 고정되어 있습니다. 시간 가는 줄도 모르고 창밖만 바라보았습니다. 내가 침대에 누워 게으름을 피우듯이 안개는 바다에 누워 온종일 게으름을 피웁니다.

아내는 어디서 얻었는지 쿠폰을 주고 버드와이저 한 병을 갖다 줍니다. 맥주병이 유리에서 알루미늄으로 바뀐 건 처음 보았습니다. 차가운 알루미늄 맥주병 표면에는 물방울이 노동자 땀 흘리듯 흐릅니다. 한 모금 마시니 시원하고 목줄을 거처 가슴까지 짜릿하더군요.

나는 아내 덕에 행복합니다.

배는 천천히 느리게 움직입니다. 느릿느릿 헤엄치는 배, 가도 가도 끝이 없는 바다. 나도 느리게 살고 싶고, 느리게 늙고 싶습니다.

오후에 그림 경매가 있다면서 아내는 나를 앞세워 같이 가 보고 싶어 합니다. 하지만 모처럼의 귀하디귀한 기회, 게으름의 행복을 깨고 싶은 마음이 없었습니다. 못 들은 척 바다만 바라봅니다. 문이 열렸다 닫히는 걸로 보아 혼자서 가는 모양입니다.

그림은 언제 어디서 보아도 아름답습니다. 그림을 그린 사람이 아름다운 생각에 젖어 그렸으니 어찌 아름답지 않겠어요. 화가가 아름답다고 생각했던 것, 내게도 아름답게 보입니다. 평생 아름다움만 추구하는 사람, 그의 눈을 통해서 보는 아름다움, 그런 아름다움을 우리는 거저 봅니다. 내게는 거저 얻어지는 아름다움입니다.

화가 토마스 킨케이드(Thomas Kinkade)를 기리며 열린 경연 대회에서 아내는 스콧 제이콥스(Scott Jacobs)의 그림을 상품으로 받아왔습니다. 아주 작은 판화 소품이지만 와인 잔이 특수 코팅으로 반짝이는 운치 있는 그림입니다.

나는 아내 덕에 살고, 아내 덕에 행복합니다.

그뿐이겠어요? 밤에 보석상에서 알아맞히기 대회가 있었습니다. 다이아몬드 반지 세 개를 꺼내 놓고 어느 게 가짜 다이아몬드인지 맞히는 대회였습니다. 모두들 이것이다 저것이다 지적했지만 아내는 셋 다 가짜 다이아몬드라고 했습니다. 드디어 발표가 있었는데 셋 다 가짜 다이아몬드였습니다. 상품으로 고급 스톤이 박혀 있는 은팔찌를 받았습니다.

아! 나는 정말 아내 덕에 살고, 아내 덕에 행복한 사나이가 맞나 봅니다.